妖琦庵夜話
ラスト・シーン

榎田ユウリ

角川ホラー文庫
22799

妖琦庵夜話（ようきあんやわ）

ラスト・シーン

人物紹介

洗足伊織（せんぞくいおり）
妖琦庵の主で、茶道の師範。“ヒト”と“妖人”を見分ける能力を持つ《サトリ》。非常に鋭い観察力の持ち主で、記憶力もずば抜けている。気難しく、毒舌家。

脇坂洋二（わきさかようじ）
警視庁妖人対策本部の刑事。甘めの顔立ちをした、今時の二枚目。事件を通じ、マメと友人になり、洗足家に出入りするようになる。

鱗田仁助（うろこだにすけ）
警視庁妖人対策本部に所属。

東京の下町生まれで、現場叩き上げのベテラン刑事。年の離れた相棒の脇坂に戸惑いもあったが、順応しつつある。

小鳩ひろむ（こばと）
女性弁護士。小柄で可愛らしい外見だが、時に辛辣。正義感が強く、場の空気を読むのは苦手。過去に弟を亡くしている。

青目甲斐児（あおめかいじ）
美丈夫で頭の切れる、冷酷な犯罪者。妖人《鬼》だった母を持ち、伊織の異母弟。兄に強い執着を見せる。

夷 芳彦（えびすよしひこ）
洗足家の家令（執事的存在）。《管狐（くだぎつね）》という妖人。容姿は涼しげな美青年風だが、実年齢は不詳。命を賭して伊織を守る。

弟子丸マメ（でしまる）
外見を少年のまま保つ、妖人《小豆とぎ》。小豆を使った菓子作りが得意。純粋で素直なマメだが、心の内に、別人格・トウを抱えている。

甲藤明四士（かつとうあきよし）
妖人《犬神》。主を強く求める傾向があり、伊織の弟子になりたがっている。マメの危機を救ったことで、洗足家への出入りを許されつつある。

鵺（ぬえ）
本名すら持たない、正体不明の犯罪者。ゲームを楽しむかのように、他者を弄び破滅させる。伊織と青目の父親にあたる。

おまえにすべて差し出せたらと思うんだが――それはもうできない。

したくてもできない。この身体も、命も、記憶も感情も、自分のもののようで、実のところそうではないからだ。自分が自分であるためには、どうしても他者が必要で、そうやって人は生きている。よくも悪くも他者の影響はあまりに大きく、この身に食い込み、外せない。自分から過去を切り取れないのと同じように。

人は己のものではない。

肉体はそうだとしても、存在としては違う。

おまえは肉が欲しいだけではないのだろう？　だから困ってしまうんだよ。

だが、これならと思いつくものがないわけでもない。

おまえはそれを、欲しいのかい？

序

雪になりそうだ。

日暮れ近く、窓越しに鈍色の空を見上げ、脇坂洋二は思った。

重く垂れ込める雲は一見、微動だにしない。しかしどれほどゆっくりだろうと、少しずつ動いている。いつかまた空は晴れて、清々しい青を取り戻す。

ただ、それがいつになるのかはわからない。

それまでどれほど、雨に、雪に、冷たい風に——打ち据えられるのかわからない。

沢村咲花が失踪して四日になる。

「脇坂」

鱗田の声に脇坂は振り向いた。

会議室の扉を開けた鱗田が、紙コップのコーヒーを三つ、持ちにくそうにしている。

その後ろには玖島もいた。脇坂は窓から離れ、先輩刑事が苦労して持ってきたコーヒーを受け取り、長机に置く。

最後に部屋に入った玖島は扉を閉めると、軽く眉を寄せて天井を見た。シーリングライトが一箇所切れているのだ。そのせいで狭い会議室はより薄暗い。三人はそれぞれパイプ椅子に腰掛けると、コーヒーを手元に引き寄せた。脇坂は鱗田の隣に着く。

しばらくはみな無言だった。コーヒーを飲む者もいない。

鱗田が机に右肘をついて、眉毛を掻く。

最近は眉毛にも白髪が交じっていて、それが抜けるたび「やれやれ、ジジイだな」とぼやくのだ。脇坂がY対に配属され、この先輩刑事と組んで、じきに丸四年――あっという間にすぎた気がする。鱗田はマイペースで、言葉数は少なく、同じワイシャツを三日着ることもあるが、仕事には真摯そのものだ。この人のそばにいるだけで学べたことの、なんと多いことか……。だが、学び足りていないことのほうがまだ圧倒的に多い。脇坂には想像も及ばない経験値、それを持つ鱗田ですらこの渋い顔だ。現状がいかに厳しいかを、脇坂は改めて思い知る。

一方、腕組みの玖島はまた天井を仰いでいた。

脇坂のななめ前に座り、椅子の背もたれに身体を預けている。無論、もうシーリングライトについて考えているわけではない。頼りない光が、玖島の眼鏡にチラリと反射した。身だしなみにはうるさい人なので、今日もきちんとグレーのスーツを着ているが、シルクのネクタイはだいぶ張り感を失っている。もう何日も同じタイなのだ。

自宅に帰れていないのか、あるいはタイを替えようという気力すらないのか……玖島は現在、捜査一課内に作られた、Y対連携係を仕切る立場にある。つまり捜一とY対を繋ぐ役割の要だ。

「行き詰まったら……」

ギッと椅子を鳴らして、玖島が体勢と眼鏡の位置を直した。

「一から考え、言葉に出して整理する。愚直で効率はよくないものの、ほかにやり方を知りません。すみませんが、つきあってもらいますよ」

玖島の言葉に、鱗田は頷いた。脇坂も「そうすべきだと思います」と同意する。今現在、警察として具体的な行動を起こすにはあまりに手札が少ない。いやそれ以前の問題だ。敵はいまだ不明瞭なまま——あまりに茫洋なそれは、確かに存在しているのに、名前すらわからないのだから。

「去年の夏……いや、梅雨まで遡るのか。まず、中野区・世田谷区洗脳実験殺人事件。人の心を操り、洗脳し、自殺に追い込んだと考えられる、あの事件です。そして、『麒麟の光』内殺人事件。宗教法人『麒麟の光』で、象徴様と崇められていた少女、宝來リン、さらにはその母親、両者が洗脳され、殺害された事件……」

手元の書類に目を落とすこともなく、玖島はすらすらと口にしていった。何度となく捜査資料に目を通し、ほぼ記憶しているのだろう。それは脇坂もまた同じである。

「これらふたつの事件は密接に関わっていて、主犯は同一人物と考えられている。我々は当初、青目甲斐児を容疑者と考えていた。綿密な計画性、被害者を弄ぶ冷酷さ、殺人をまるでゲームのように楽しむ傾向……そういった点が、青目の今までの犯行と類似していたからです。……ここまで、いいですかね？」

コクコクと鱗田が頷き、脇坂も「はい」と答えた。

「続けます。さらに、これらの事件に妖琦庵の先生が……洗足伊織が関わっていた事実がある。今までの、青目甲斐児が主犯と考えられる事件と同様に……」

脇坂が「あの」と口を挟んだ。玖島が、まだ途中だ、という顔でこちらを見る。

「すみません。でもそこは、先生が関わっていたというより、関わるように計画されていた、としないと誤解を招きます。そもそもは、僕が休暇中の先生を沖縄まで追いかけて、《麒麟》について助言を求めたのが発端というか……」

「そうしろ、と言ったのは俺だしな」

鱗田が補足し、脇坂は頷く。

「妖人絡みの事件ですから、先生に助言を求めるのは自然な流れではあります。つまり、犯人は最初から僕が、というかＹ対が、そう動くであろうと予測し、先生を事件で搦め捕るつもりだったのだと思います」

「わかった。つまり先生は関わっていたというより、巻き込まれた、ってことだな。

では先を続けるぞ。かくして洗足伊織は事件に巻き込まれ、それもあり、我々はますます青目が容疑者だと確信を強めたんだが」

玖島は一度言葉を止め、フゥと息を吐き、

「どうやら、違っていた」

そう続け、コーヒーの入った紙コップを手にした。鱗田もズッと音を立ててコーヒーを啜る。もうだいぶ冷めているだろう。

「一連の事件に、青目が無関係とは断言できないものの、少なくとも主犯格ではなかった。宝來母子を殺害したのは、リンの付き人だった木村である線が濃厚になり、それに我々が気づいた直後、木村は崖から転落して死亡。遺書が残されていたので、自殺と考えられる。ところが、だ。現地で木村の遺体を確認した常磐は、その遺体は木村ではないと言いだした」

――違います……似ているけど、違う。あれは自分の知る木村さんではなかった。

青ざめた顔で、常磐はそう報告したのだ。警察関係者で、木村の顔を明確に覚えていたのは常磐だけだった。

「これには、参りましたよ」

タイのノットを緩め、玖島は口惜しそうに顔を歪めた。

「じゃあいったい、誰が死んだんだって話です。けれど公的記録と照らし合わせると、なんの矛盾もない。死んだ木村の身分証にある顔写真は、遺体の顔と同じだし、『麒麟の光』に所属した記録もちゃんと残されている。だがなぜか、そっちの事務所に木村の写真は残っていない。さらにご丁寧なことに、遺書の内容は殺人を告白したものだった。自殺の動機も、その罪を悔いての飛び降り。筆跡鑑定もクリア。つまり犯人は死んだわけで、なら不起訴だ。常磐の言葉だけじゃ、ひっくり返しようがない」

　木村は確かに木村だったのだ。

　証拠づけていたのは書類だけではない。木村と面識のあった『麒麟の光』の職員たちに遺体の写真を見せたところ、やはり「木村さんです」と口を揃えて証言した――怯(おび)えたような、青ざめた顔もみな、同じだった。何者かに脅迫され、口裏を合わせている可能性は高かったが、その証拠が摑(つか)めない。

　常磐の見た木村は、まるで煙のように消えてしまった。

　それは誰なのか。

　宝來リンの側にずっといて、彼女を操り、リンの母親ともども不幸に突き落としたのは――いったい誰だったのか。

「そして《鵺(ぬえ)》という名が浮上する。小鳩(こばと)ひろむさんの入院先に、青目甲斐児が現れ、その名を口にしたわけだ。気をつけろ、麒麟のとなりに《鵺》がいる、と」

　鵺。

頭は猿、胴体は狸、蛇の尾を持ち、手足は虎の妖怪(ようかい)とされる。そして洗足伊織いわく、『正体不明のもの』——。

「青目の言葉は、洗足伊織への伝言(メッセージ)と考えられる。警告か、警鐘か……。で、その《鵺》が青目甲斐児の、そして洗足先生の、父親である、と」

殺人をはじめとして、多くの容疑がかかっている青目甲斐児。

妖人の関わる事件解決に協力し、警察に貢献してきた洗足伊織。

このふたりは異母兄弟であり、洗足伊織が兄にあたる。洗足は父親とは関わりを持たずに育ったが、青目は違っていたようだ。

「ええと、青目の過去を整理させてくれ。この資料をまとめたのは、脇坂、おまえだな？　十歳までは母親と山奥にこもり、学校にもほとんど行ってなかったと。で、それ以降は……」

「洗足家で暮らしていました。洗足タリさん、つまり先生の母上が青目を保護したんです。青目の母親は息子の身体を拘束し、監禁していたと先生から聞いています。心身ともにかなり追いつめられた状態だったはずです」

脇坂は、当時の詳細を聞いたわけではない。洗足伊織は、初めて弟を見た時の様子を「凄絶(せいぜつ)だった」と淡々と語った。けれど、たとえ洗足が一切の感情を封じ込めていたとしても、どうしようもなく伝わってくるものはある。

「だが、約四年後、青目は十四歳の時に姿を消した。ここでひっかかるんだが……」

玖島が初めて書類を手に取って、捲(めく)った。

「青目が洗足家から消えた約二年後、先生の母上が亡くなっているな。病死となっているが、これに青目が関係している可能性はないか？」

脇坂と鱗田、それぞれの顔を順番に見ながら玖島が聞く。

脇坂は答に詰まった。実のところ同じことを……露骨に言えば、洗足タリは青目に殺されたのではと、考えたことがあったからだ。ただし、言葉にしてはいない。その可能性を示唆する証拠など残っていないし、その後の青目の行動を知っているがゆえに、脇坂の思考にバイアスがかかっている可能性もある。

「あり得ないとは言えませんがね」

声を発したのは鱗田だった。

「当時、タリさんが入院していた病院の記録を見ましたが、怪しいところはありませんでした。主治医は残念ながら亡くなっていたので、直接話を聞くことはできませんでしたが」

「その医師の死に、不審なところはなかったんですか？」

青目ならば、口封じに医師を殺すこともあり得る。そう考えての玖島の質問だろう。

鱗田は手帳を開き「六十四歳、すでに医師は引退していて自宅で脳溢血(のういっけつ)」と答えた。

「こちらの医療記録も見ましたが、不審点なし。同居していた奥さんももう故人でしたが、もう少し調べますか？」

「いや……充分でしょう。さすがウロさん、抜かりはない。まあ、当時の青目では、ばれないように人を殺すには未熟か……」

「ですが、指導者がいたとしたら？」

脇坂は言い、続けて「いた可能性は高いです」とはっきり主張する。

「指導者というのはつまり、父親だな。確かにそう考えるべきだろう。青目は十四からの数年間、父親と暮らしながら、あらゆる犯罪のスキルや裏の世界の人脈を手に入れたはずだ。精神的に極限状態だったと考えられる母親からの虐待、反社会的人格を持つ父親からの犯罪教育……そういった背景が、奴を猟奇連続殺人犯という化物にした。まさに《悪鬼》だ」

青目甲斐児は妖人《鬼》とされている。

ヒトとはわずかに違う遺伝子を持つ存在、妖人。そのほとんどは非妖人となんら変わらない人々だが、特殊な能力を持つ者が僅かにいる。そしてその中のさらにごく一部の者が……青目のように犯罪に走るのだ。《鬼》と呼ばれる妖人はネガティブなイメージが強いが、本来は隠遁者とでも呼ぶべき人々だと洸足は話していた。内向的で大規模な社会生活に馴染みにくく、人里離れた場所で静かに暮らすことを好むそうだ。

もちろん他者に害を与えるわけではなく、むしろ他者を恐れ、距離を取ろうとする。青目のような《悪鬼》は例外中の例外なのである。

「えー、そうすると青目の両親の属性は……あれ……?」

玖島が書類を捲りながら疑問を呈する。

「青目甲斐児の母親の属性が、明記されてない……?」

「公式な記録はないんですよ。《鬼》だと、先生は言ってましたがね」

「先生は青目の母親と面識が?」

いいや、と鱗田は首を横にふる。脇坂が「お母様から聞いたんじゃないでしょうか」と言うと、そうそう、と今度は頷いた。

「先生のご母堂は、先生と同じように妖人を見分ける力があったわけですからな。かつ、青目の母親を見ていて……だからこそ、保護しようと決意したんでしょう。つまり青目の母親が《鬼》なのはまず間違いない。……先生は以前、青目と自分の父親もまた、《鬼》であろうと考えていたようだし、俺もそう思っていたんだが……どうやら、そうとも限らないらしい」

思い出しながら呟く鱗田を見て、玖島が「実際は《鬼》と《鵺》の息子ですからね」と言うので、脇坂は少し慌ててしまった。

「いいえ、玖島さん、それは違います」

玖島が「え？」とまた書類を捲る。

「そこには書いてありません。《鵺》は正体不明なんです。妖人検査記録どころか、血液型すらわかっておらず……。《鵺》という名称も、青目がそう表現したにすぎない。そもそも、《鵺》なんて妖人はいないと、先生がはっきり仰っていました」

玖島が顔をしかめて「そうだった」と頭を抱える。疲労しきっているのだから、混乱するのも無理はない。

「……つまり、青目の母親は《鬼》だが、父についてはわからない、と」

「はい。そうなります」

「……もし先生が父親に直接会ったら、その属性はわかるのか？」

「難しいでしょうなあ」

鱗田が、一本だけやけに伸びていた眉毛をプチンと抜いて答える。

「血縁者の属性……【徴】はわかりにくいそうですから。……で、ちょっと話を戻しても、《鵺》が極めて危険な犯罪者なのは変わりませんよ。まあ、どんな存在だとしてますがね、玖島さん」

玖島が「ああ、はい」と鱗田を見る。

「仮に当時の青目が、洗足タリをなんらかの方法で殺害したとして、その動機は？彼女は青目を逆境から救い出し、妖琦庵に迎え入れてくれた人なのに、殺すかね？」

「動機なら……あります」

玖島より先に答えたのは脇坂だ。先輩刑事ふたりが、こちらを見る。

「兄への独占欲ではないでしょうか。先生に……まだ少年だった洗足伊織にとって、母親はなにより大きな存在だったはずです。その母親がいなくなれば、自分が兄にとって唯一の存在となれる……そう考えたかもしれません」

「だがそんなことをしたら、逆に憎まれるだろう。母親を殺されるなんて」

「玖島さんのお言葉はもっともですが、青目にそういった『普通の感覚』があったかどうか疑問です。正常とは言い難い、閉塞的で過酷な環境で育っているんですから。現に成人後も、兄に疎まれることを承知で殺人を続けている男です」

脇坂が言うと、玖島は「確かにな……」と溜息をつく。鱗田は黙ったまま、自分の耳を引っ張っていた。なにか考えている時の癖だが、その内心は測れない。

青目甲斐児にとって、洗足伊織の存在はあまりに大きい。

人は、これほど誰かに依存できるのかという程の執着を見せる。それはすでに兄弟愛を超えて偏執狂的だった。青目の犯罪にはカニバリズムの傾向が強いのだが——あの男は、兄をも食ってしまいたいのだろうか。兄の肉を喰らい、血を啜り、文字どおりすべてを自分のものにしてしまいたいのだろうか。

おぞましくも恐ろしい、その衝動を脇坂は理解はできない。

けれど、そういう衝動を抱える者がこの世に存在することは知っている。その衝動を抑え込んでいる限り、彼らは犯罪者ではない。心の中でどれほど残虐非道なことを考えようと、それ自体は罪ではないのだ。

だが、青目は実行する。

さらにその犯行を可能にするスキルを備えている。兄を殺して食すこと自体は、青目にとって不可能ではない。その障壁となる夷やマメを排除することも、青目にとってはさして難しくないはずである。

しかし洗足伊織はいまだ生きている。機会は幾度もあったはずなのに。

ならば青目が欲しいのはなんなのか？

兄の心？　人生？　あるいはすべて？

すべてとは何だ？

人はなにを差し出せば、すべてを渡したことになる？

「なんにしても、今は《鵺》の件が先だ」

玖島が椅子に座り直し、脇坂も姿勢を正した。

「木根辰則、田鶴よし恵、そして沢村咲花。以上三名が架空の妖人を名乗り、洗足伊織に接触した件……脇坂、経緯をもう一度教えてくれ」

託されて、脇坂は「はい」とファイルを引き寄せた。

「まず、木根辰則……江東区タワーマンション事件の被害者、誉田敏美さんの実兄です。誉田さんはマンションから落下し、一時は意識回復しましたが、その二日後に息を引き取っています。木根は鉈を手に、路上で洗足伊織に襲いかかりました。腕を狙っていたと、本人が証言しています。次に田鶴よし恵。洗足家にやってきて『指をください』と要求した経緯があり、娘と孫を青目に殺されたと主張しています。そして沢村咲花——母親を亡くしています。彼女の母親は青目に誘拐された事件のトラウマから鬱病を発症、のちに自死。沢村咲花は洗足伊織に近づくため、小鳩ひろむさんを利用しました。もちろん、《鵺》の指示でしょう」

　声の調子が落ちそうになる。脇坂がひろむと食事をしていた折、咲花は突然現れた。あまりに唐突な不自然さを感じていたし、その直後、フルネームもひろむから聞いたというのに……脇坂はわからなかった。彼女が、沢村穂花の娘だということに気づけなかったのだ。まったく、お粗末すぎる記憶力だ。沢村穂花が保護されたあの現場に脇坂もいたというのに……。

　だめだ。今は感情に振り回されている場合ではない。

　しっかりしろと、脇坂は自分を鼓舞して言葉を続ける。

「ですが、早い段階で洗足先生は三人の共通項に気づいていました」

「全員が、青目の起こした事件の被害者遺族だったわけだな」

「正しくは二人かと。田鶴さんの事件は裏が取れていませんし、騙されていたとも考えられます」

「いずれにしても、三人とも青目を憎み、復讐したいと願っていた、と。先生もその意図を知り、自ら妖琦庵に三人を集めた……いや、木根さんは入院中で来てなかったな。小鳩さんは沢村咲花と同行したんだろう？」

「はい。この調書は彼女の証言をもとに作りました。茶席では、先生によって彼らの過去が明かされました。木根さんと咲花さんは、青目によって家族を失っている。ただし田鶴さんの件だけは、さっきも言ったように事実ではない可能性が高いんです。その証人として、狛江医師も同席していました」

「拘置所で死んだ五百木可代と旧知だった医師、か……ずいぶんといろんな事件が絡み合ってて、ややこしいな……」

「最初は僕もそう思ったのですが、別の視点で見ればそうでもないかと」

疲労が肩にきたのか、玖島が首をゆっくり曲げながら「別の視点？」と聞く。ポキンと乾いた音がした。

「青目が過去に起こした事件を利用してやろう……という視点です。過去の事件の遺族の中から、都合よく使えそうな者を探し、計画を組み立てるわけです。被害者遺族はみな心に傷を負っていて、だからこそ利用されやすいんです」

「そのゲスな計画をしたのが《鵺》か」

「はい」

脇坂は頷いた。青目ではなく……《悪鬼》ではなく、その父。

正体不明の《鵺》だ。

「三人に接触し、復讐代行を申し出たと思われます。あなたがたの大事な人を殺した青目に、自分が罰を与えてやる……」

「そのかわり、洗足伊織の身体の一部を持って来いと？　腕だの指だの」

「はい」

「そこだよ。なんだって、身体の一部が必要なんだ？」

「《鵺》にとっては本当に必要なわけではなく、それが可能だとも思っていなかったと思われます。それでも被害者遺族は必死に、なんとかして、実行しようとする……薬物に頼ったり、年老いた身を投げ出すように、懇願するわけです。それに対し、洗足伊織が……先生が、どう反応するのか。それを見たかったのではないでしょうか」

「わからない……さっぱり、わからない」

玖島の口調が、次第に苛ついてくるのがわかる。

「なんでそんなものが見たいんだ？　洗足伊織は自分の息子なわけだろ？」

「玖島さん、《鵺》を理解しようとしても……」

「わかってる。そんなことは時間の浪費でしかない。……でも、たまに、つい」

玖島はそこで言葉を止めたが、言いたいことは脇坂にも伝わってきた。

でも、どうしても、考えてしまうのだ。

理解できない、なぜそんな残酷なことができるのか、犯人に人の心はないのか。そんなことを考えたあげく……脇坂の場合、続けてこうも思ってしまう。こんな残酷なことをしでかすのは人間だけで、人間だからなのかもしれない。大きな脳と複雑な社会を手に入れた人間は、その殺人衝動から逃れることができず……。

「それから、青目が木根を襲った件は…？　夷さんが怪我をした時の」

冷静な口調を取り戻した玖島に、脇坂ははたと我に返った。

「あれは、《鵺》への警告ではないでしょうか。先生に害を為そうとした木根さんを制裁することで、いつまでも黙って見てはいないぞと……」

「自分が一番害を為してるじゃないか」

玖島は頭を抱えて嘆きつつも「続けてくれ」と言った。

「はい。同時に、木根さんからなにか情報を得ようとしたとも考えられます」

「つまり、青目はもう《鵺》と関わっておらず、むしろ対立関係にある？」

「対立関係かどうかは不明です。けれど少なくとも現在、青目と《鵺》は別行動を取っているんじゃないかと」

「なぜそう言える？」

「裏付けがあるわけではないのですが……青目が許すとは思えないんです。自分以外が、先生に害を為そうとすることを」

そう答えた脇坂に、玖島はぐったりした様子で「ややこしいお兄ちゃん子だな」と呟き、続けて「木根さんはまだ入院中だったか？」と聞いた。

「はい。薬物依存が強く、専門病院へ転院の予定ですが、自分が犯罪者に利用されたことについては、すでに自覚しています。田鶴さんは警察に自首しましたが、指をくれと頭を下げただけですから、罪には問われません。ご家族に迎えにきていただき、カウンセリングの紹介をしておきました。そして沢村咲花さんは……」

「もう……四日目か」

深く項垂れた玖島の声が重い。

バイトを終えて帰宅したはずの咲花が、姿を消した。

なんの連絡もないまま四日になる。鱗田と脇坂は、昨日洗足家を訪れてその報告をした。その時に脇坂は初めて、《鵺》が洗足の父親だと聞いたのだ。脇坂の衝撃は大きかったが、鱗田は予想していたらしく、さして動揺を見せなかった。

「咲花さんの失踪には、《鵺》が関わっているはずです」

「だろうな。……ウロさん、《鵺》の目的をどう見ます？」

「うん……目的が先生なのは間違いないでしょうが……先生をどうしたいのか、まだ見えてきませんなあ。殺したいならとっくにそうしているでしょうし……」

殺したい？　父親が息子を？

親子など、家族間での殺人や傷害があることは脇坂もわかっている。あるどころか、親族間での殺人、殺人未遂の割合は高い。近い存在だからこそ、トラブルも生まれやすい。また、血縁故に理性的な関係を築くのが難しいのもあるだろう。けれど、洗足伊織は父親の顔すら知らないのだ。父子(おやこ)関係はまったく機能していなかったと考えられる。とはいえ、父親は……《鵺》のほうは洗足になんらかの関心、興味、あるいは執着があるらしい。

「《鵺》は青目以上にゲームが好きな男のようです。……というか、《鵺》の影響で、青目も犯罪をゲームとして捉(とら)えるようになったんでしょうな。咲花さんを誘拐したのが《鵺》なら、ゲームをもちかけてくる可能性が……」

鱗田の言葉の途中で、脇坂の携帯電話が振動した。

発信者を確認し、すぐに「なにかありましたか」と応答する。青目と出くわし、木根を守ったことで怪我を負い、入院中の夷からだったのだ。その状況でかけてくるのならば、緊急案件に違いない。

『脇坂、さん』

息が上がった様子に、ビリッといやな予感が走った。

『主が《鵺》に呼び出されました。咲花さんを助けに単身で向かったようです。いま、ようやく場所をマメから……いや、トゥから聞き出し……ッ……』

身体が痛むのだろう、夷の声が詰まる。だが今は彼を気遣う余裕すらない。脇坂は早口で「どこですか」とだけ聞いた。

『以前の沢村家です。ひとりで来るように命じられているはずなので、配慮を』

「わかりました」

電話の向こうで、マメが「夷さん」と心配げに呼ぶのがわかった。恐らく、夷は病院を飛び出して洗足家に戻り、トゥから洗足の行き先を聞き出したのだろう。脇坂はその場で、状況を鱗田と玖島に伝えた。玖島が無言のままで椅子を蹴るように立つと、会議室を飛び出す。編成を組んで、現地に向かう手はずを整えるためだ。

脇坂と鱗田もまた、上着を掴むと走るように庁舎を出た。

もう外は暗い。

咲花という人質が取られている以上、まずは目立たないように周囲の状況を確認しておく必要がある。脇坂は鱗田とともに急行することになり、覆面車のステアリングを握る手が汗ばんだ。現場が近くなり、サイレンは鳴らさずに接近していた時……。

複数の、爆発音を聞いた。

「な、今のは……ッ」

「落ち着け脇坂。そのまま気をつけて直進しろ。もうすぐそこだ」

全身が緊張で満ちる。

鱗田は車の窓を開け、身を乗り出して前方を見つめていた。角地に建つ沢村家が見えてくる。暗い冬の夕闇、月も星もなく、重たい雲の下なのに……、

明るい。

窓がとても明るい。

明るすぎる――燃えている。

助けなければ。

あの人を、助けなければ。

＊＊＊

内緒だよと、その人は写真を見せてくれた。

古い写真だ。とても綺麗な女の人が写っていた。

しばらく見つめて、それが母だとわかった。懐かしさがこみ上げてきた。自分の知っている母とはずいぶん違うけれど、でもそうだ。若く、美しく、はにかむように笑っていた。白いワンピースを着ていた。

――彼女のお気に入りだったんだ。レース使いが素敵だといつも言っていた。

その人が教えてくれた。

――僕たちは貧しかったからね。これは特別な時だけの服。だからとても大事にしていた。いつか娘ができたら、白いワンピースを毎日着せたいと話してた。

その瞬間、見えない手首が地面から湧き出て、足首を摑まれた気がした。懐かしさをねじ伏せる恐怖感に身が竦む。

――大丈夫、彼女はここにいないだろ？

そう言われて何度も頷いた。ここは山ではない。母はいない。

——かわいそうに、怖い思いをしたんだね。でも彼女は……お母さんは、きみを嫌いだったわけじゃない。それはわかってる？

問われて、また頷く。

嫌われているどころか、過剰なまでに愛されていることはわかっていた。だから逆らえず、だから怖かった。

——ここには兄さんと、そのお母さんがいるんだろう？

その通りだが、なぜそんなことを聞くのだろう。質問者を見上げると、こちらを見て優しく微笑む。

——さっきも言ったけど、僕が来て写真を見せたことは内緒だよ。それがわかったら、ここのお母さんがすごく気を悪くするから。

そうなのか。

ならば絶対に言えないと思った。

——また内緒で来るよ。

その人が写真をポケットにしまおうとしたので、手を伸ばした。母の写真が欲しかったのだ。とても恐ろしい母だったけれど、大好きな母だったたから。けれどその人は眉を下げながら、見つかったら大変だから、と渡してはくれなかった。

——次に来た時は、違う写真を見せてあげよう。若い頃の綺麗なお母さんの写真を何枚も持っているから。でも絶対に内緒だよ。ここのお母さんにとって、きみはしょせん『よその子』なんだからね。追い出されてしまうだろうな。そうなったら困るだろう？

困るし、いやだ。

ここにいたい。兄と離れ離れになりたくない。

ずっとずっと、一緒にいたい。

一

主(あるじ)は今日もエレベータを使わない。

夷芳彦(よしひこ)は顎(あご)を上げ、先を進む薄い背中を見つめた。

もともと階段を苦にしない人ではあるが、病室は六階な上、主は膝(ひざ)を痛めている。炎に包まれたあの夜、ガラス窓を破ろうと何度も打ちつけたせいだ。骨は折れなかったものの、直後はひどい腫(は)れで歩くのもままならなかった。まだ痛みは強いはずなのに、まるでなにかの罰のように……黙々と足を引きずりながら進む。自分で切ろうとした耳の上部は、何針か縫った。今は医療用テープで保護されている。ほかにも、腕や顔にはいくつも擦過傷ができ、痣(あざ)もまだ残っている。

要するに、傷だらけだ。

本当は外出させたくないし、まして階段など上らせたくない。だが、そう口にすることはできなかった。

主が焼かれかけた晩から、ひと月半が経つ。

当時、芳彦は入院中だった。青目とやりあった時の傷は思っていたよりも深手で、あの夜もまだほとんど動けなかった。それが悔やまれてならない。

自分が、あの場に行けたならば。

守護すべき主を――伊織を、守れたならば。

後悔はなにも生まないとわかっていても、そう考えずにはいられないのだ。

六階まで辿り着き、病室の前に立つ。もう何度も訪れた場所だ。

伊織は二度ノックをし、しばらく返事を待った。なんの応えもないので、静かにドアをスライドさせて入室する。芳彦も続いた。

個室はとても静かだった。

今日は天気がいい。よすぎるほどだ。窓からのきつい西日を避けるため、カーテンは半分閉まっていた。ガラスの向こうでチチッと小鳥が鳴く。芳彦がその姿を確認する前に、飛んでいなくなってしまった。

伊織はベッド脇に佇む。

顔を俯け、脇坂洋二を見つめている。

炎に包まれた梁から伊織を守ったこの若い刑事は、頭部を強く打ち、未だ意識を取り戻していない。額の大きなガーゼは火傷によるものだ。いつも笑顔の、やや甘ったるい美男子だった彼は今、青白い顔で眠り続けている。

夷は音を立てないように、パイプ椅子を引き寄せる。ベッドの近くでそれを広げると、伊織がゆっくりと腰を下ろした。膝が痛むのだろう、途中で少しよろけたのを支える。腰掛けると、肩にかけていたストールを膝に置き、また動かなくなる。ただじっと脇坂を見つめ続ける。

頻繁に訪れているが、主が脇坂に語りかけたことはない。

少なくとも芳彦は聞いていない。毎回こうして、ただ顔を見ているだけだ。脇坂が元気な時には、あれほどお小言を浴びせていたというのに——それがまるで、遠い昔のように思える。

明るく話し好きで、多少お調子者。スイーツやファッションに詳しく、軽薄そうに見えて、実際は思いやり深く、篤実な青年……。伊織が脇坂を気に入っていたことは、言葉にするまでもない。信頼という点では先輩刑事の鱗田が勝つだろう。だが、一緒にいる時、伊織が楽しそうだったのは脇坂だ。脇坂からすれば終始不機嫌で、文句ばかり言っているように見えただろうが、芳彦にはわかる。本当に疎ましく思っている相手には、この主は口を開くことすらしない。それ以前に顔も合わせず、無理に会おうとすれば苛烈な拒絶を受けるだろう。

妖人ではないのに洗足家に入ることを許され、客間のみならず茶の間へ出入りしても拒まれず、食卓をともに囲むまでになったのは——いまだかつて、脇坂だけなのだ。

伊織はそれほど脇坂を気に入り、可愛がっていた。

その脇坂が、自分を庇ったせいで、こうなった。

火傷と骨折と意識障害を負い、眠り続ける羽目になった。

この現実は、主をどれほど責め苛んでいるだろうか。そして芳彦もまた、自分を責めずにはいられない。自分がしっかり主を守っていれば、この青年はこんなふうにならずにすんだのだ。胸がひどく痛む。精神的な意味でもそうだし、実際、肋骨も折れている。芳彦は《管狐》として、通常より高い治癒力を持つものの、まだ怪我は完全に癒えてはいなかった。

じっと座り続ける伊織に表情はない。

眠り続ける脇坂の身体は、いくつもの管に繋がれている。

ぼろぼろだ。誰もかもが、ぼろぼろではないか。脇坂はいつ目を覚ますのか。回復してくれるのか。そうでなければ困る。絶対に、必ず、そうしてくれなければ困る。主はもう限界が近い。ぎりぎりで持ちこたえているだけだ。自分だけでこの人を守れないのが歯痒いが、それが現実だった。

目を覚ましてくれと、心の底から願う。そのためならなんでもしようと思うのに、芳彦にできることなどないのがつらい。

ふと、ふたり分の靴音が近づくのがわかる。

芳彦は耳を澄ませた。鱗田か、あるいは別の刑事かと思ったが、響く踵(かかと)の音が硬い。これは女性の靴だろう。やがてココッ、と軽いノックの音がする。

返答を待たず、すぐにドアが開いた。

「あっ。ごめんなさい、お客様でしたか」

同じ顔がふたつ現れ、同時に言った。

芳彦は一瞬驚き、だがすぐに脇坂から聞いていた話を思い出す。彼は五人の姉に囲まれて育ち、その中に双子もいると話していた。

「あ、先生？」

「先生ですよね」

顔は全く同じだが、装いはだいぶ違う二人が伊織を見て言う。それから芳彦に顔を向けると、「ということは、こちらが夷さん」と続ける。

「はい。夷です。……脇坂さんの姉上でいらっしゃいますか」

はい〜、とまたもや同時に答え、二人は頭を下げた。

「お見舞いに来てくださっていたんですね。ありがとうございます。洋二の姉で、結(ゆい)と言います」

「そして私が実(みのり)です」

二人がにっこりと笑ってくれたので、部屋の雰囲気が少し明るくなった。

結はフェミニンな雰囲気のアイボリーのニットにスカート、そして実はユニセックスなジャケットにデニムパンツの装いだ。顔も声もよく似ている二人だが、服装の趣味は対照的らしい。

「……洗足伊織です」

伊織が立ち上がる。おそらく膝が痛んだと思うが、姉たちにそう悟られないよう、なんでもないかのように動いた。そしてそのまま深く頭を下げる。

「お詫びいたします。弟さんは私を庇い……」

謝罪を述べようとした伊織だったが「ダメですダメです」とふたりが続きを阻む。

「謝ったりしたらダメですよ、先生」

「そうです。洋二は刑事なんです。警察官です。公僕です。現場で身体を張るのが、弟の仕事だったはずです」

「まして尊敬する先生を守ることに、躊躇いはなかったと思います。先生に謝られたりしたら、きっと洋二もがっかりしちゃいますもん。あの女の子……咲花ちゃんも助かって、本当によかった」

誘拐されていた咲花はクロスボウの傷を負ったものの、命に別状はなかった。数日入院して、叔父の家に戻っている。本人はまだ精神的に不安定だが、叔父一家が支えてくれているようだ。

「むしろ叱ってやってください。この子の目が覚めたら」

「そうそう。先生に叱られるの、好きそうでしたから。もうちょっと、うまく守れないのかと言ってやってください」

「運動神経は悪くないはずなんですけど、どこか抜けてるんですよね」

「ほんと、要領がいいのか悪いのか」

「わりとイケメンだと思うのに、モテないし」

「結、それは今言っちゃかわいそうじゃない？」

「そうだった。洋ちゃんごめん、今のナシ」

眠り続ける弟に、そんなふうに声をかける。息の合った軽妙なやり取りは、双子ならではだろうか。それを聞いている伊織の、強ばった緊張感がいくらか解れた。もちろん、こちらに気を遣い、軽やかに振る舞ってくれているのだ。

すでに伊織は脇坂の両親とも対面し、謝罪している。

その時も、脇坂の両親が伊織を責めることはなかった。心中の痛みを隠し、警察官という仕事に就いた以上、覚悟はしていましたからと語ってくれたのだ。両親の、姉たちの、そんな姿を知るにつけ……脇坂洋二という青年が、どれほど愛されていたか、家族の誇りだったかが身に染みて、夷は苦しくなった。伊織は尚更だろう。

まして、単純な被害者として救出されたわけではない。

伊織は間違いなく被害者ではあるが、同時に加害者の息子なのだ。加害者の家族だからといって、伊織自身にはなんの咎もないと頭で理解していても――心情は別だ。それでも脇坂家の人々は、伊織を思いやってくれている。

血縁は固い絆だ。そして時に、残酷な呪いにもなる。

あまりに強い力で人の心を縛りつける。どれほど抗い、拒絶しても振り切ることは難しく……振り切ったとしても、追ってくる。時に、恐ろしいほどの速度で。

明るい双子の姉たちに見送られ、伊織とともに病室を出た。

今日はいつもより短い滞在となって、芳彦は少し安堵していた。ほかに見舞い客がいないと、伊織はいつまでもベッド脇から離れようとしないのだ。一時間でも二時間でも……ただじっとそこに座っている。等身大の人形のように動かず、息をしているかすら不安になるほどだ。何度も「一緒に来なくていい」と言われている芳彦だったが、とても目を離せる状態ではなかった。

この人は悲しみや苦しみを、ほとんど表現しない。

あまりに見えすぎる《サトリ》の目、そして鋭敏すぎる感覚は、他者にまみれて生きて行くには負担なだけだ。そんな息子を守るため、母のタリは伊織の左目を封じたのだろう。本人も処世術として、普段は無意識のうちに感情をチューニングしている。悲しみや苦しみに対して、あえて無感動を装うことで自衛するのだ。

それゆえ、今まで苦境に立たされても、伊織は揺るがなかった。少なくとも、傍目(はため)にはしゃんとして見えた。稀(まれ)に、芳彦にだけは隙を見せはしたけれど、それも一時的なものだった。

だが今や、主の憔悴(しょうすい)は明らかだ。

しなやかで芯(しん)の強い柳のようだった人は、まるで砂漠に置かれたかのようだ。細い柳は乾ききり、ほんの小さな力で折れてしまいそうで恐ろしい。

「……いいお姉さんたちだ」

病院のエントランスを抜け、葉桜の下を歩きながら伊織がポツリと言った。芳彦もまた、「みんな、いい方ですね」と同意する。今日出会った双子以外に、脇坂と一番仲がいいという三番目の姉にも来合わせたことがある。

「……全員の名前を知ってるかい？」

もう散ってしまった桜並木を歩きながら、伊織が問う。

「お姉さんたちのですか？　いいえ、全員は」

「いつだったかな……聞いてもいないのに教えてくれたよ。上から順に、芽衣(めい)、葉子(ようこ)、一花(いちか)、結、実……わかるだろう？」

それぞれの漢字を予想しながら、芳彦は「あぁ」と頷(うなず)いた。

「植物の生長過程ですね。芽が出て、結実するまでの」

「そう」

「素敵な名づけです。でも、末っ子だけ違うんですね。洋二、という名は植物に関連しない……」

見舞いの帰りは押し黙りがちな伊織なのだが、今日は珍しく会話が続く。

「本人も不思議に思い、ご両親に聞いたことがあるそうだ」

「どうして自分は洋二なのか、きっとなにか特別な理由があるに違いないと思っていたそうだが、ご両親いわく『もう実までついちゃったし……枯男（かれお）っていうわけにもいかないし……植物から離れて、なんとなく、広々した名前にしたくなったから』と。そう聞いて拍子抜けしたと」

「つまり、海を意味する洋？」

「らしい」

「洋一ではなく。洋二になったのは？」

「太平洋と大西洋を合わせて、二」

「それはまた、ずいぶん広い」

芳彦が笑うと、伊織も微（かす）かに頬を緩めた。脇坂はその名の通り、広々した心を持った青年だ。偏見や固定観念がないわけではないが、正しい指摘を受ければすぐに正せる。自分の作った垣根ですら易々（やすやす）と壊し、心のフィールドをどんどん広くしていく。

人の言葉を素直に受け入れるというのは、実のところとても難しい。けれど彼には、それができた。

「……もっと個性的な名前がよかった、とか言っていたが……贅沢だね。とてもいい名前なのに。とても……」

声は次第に小さくなり、やがて消えてしまう。

眩しかった西日はいつのまにか弱まり、日暮れが近い。

今年の桜は早かった。染井吉野はもとより、八重桜もほとんど終わっていて、ツツジの開花が始まっている。それから海棠が……そういえば、庭の海棠はもう咲いただろうか？　覚えていない自分に驚く。それほど精神的な余裕を失っているのか。

空の端が茜に染まり始めていた。

美しい朱色がなぜか不穏な色味に感じられるのも、芳彦の心に余裕がないからか。

再び黙った伊織を見ると、つかのまの笑みはもうすっかり消えていた。

芳彦と伊織が帰宅した頃、日はほとんど落ちていた。

炊事の手際がずいぶんよくなったマメが、炊き込みご飯を仕込んでおいてくれた。三人でそれを食べたのが八時前。食卓では、マメが率先してお喋(しゃべ)りをしてくれる。明るく振る舞い、よく笑う。伊織もそれをわかっていて、ぽつりぽつりと言葉を発する。みな内心に重苦しい不安を抱えながら、それでもいつもの生活を保とうとしていた。まるでそれが唯一のよすがであるかのように、決して失わないように――次第に近づいてくる、形のわからない化物に気づかないふりをしていた。

ひんやりとした刃物の上を、歩くような心持ちだ。

せめて脇坂が意識を回復させてくれれば……芳彦がそんなことを思いながら洗い物をしていた時、玄関から物々しい音が聞こえてきた。引き戸に大きななにかがぶつかってきたような音だ。ほぼ同時にパタパタと廊下を走る音……マメだろう。様子を見に行ったらしい。芳彦も水道を止めて、手を拭(ふ)く。

「せ、先生！　夷さん……っ！」

直後聞こえてきた声に、玄関へ急いだ。

三和土(たたき)でマメがひとりの男を抱えるように支え、かろうじて立っていた。ぐったりと身体を預けているのは大柄な男で、服は汚れ、靴は片方しか履いていない。芳彦は裸足(はだし)のままで三和土に降り、マメに代わって男を支える。誰なのかはわかっていた。

「……夷さ……すみませ……奴に、気づかれてしまっ……」

男はそこまで喋ると、激しく咳き込んだ。

飛沫には血が混じっている。両腕はだらりと脱力し、顔は土気色だ。芳彦は男の背を支えてその場に座らせ、青い顔で震えているマメに救急車を呼ぶよう頼んだ。

マメは頷き、茶の間の固定電話へと向かう。

この男は《袂雀》だ。

この名は妖人属性を表すものではない。役割名であり、端的にいえば、芳彦の命のもとで諜報活動を担う者たちである。芳彦は数名の《袂雀》を、今回の事件の密偵として動かしていた。この男はその中のリーダー格であり、彼がこの状態ということは、つまりほかの者たちも――いや、今はその心配より先に、情報を得なくてはならない。

いつのまにか、伊織が立っていた。

芳彦とは反対側から男を支える。男の意識は朦朧としているようだが、それでも伊織を見て「先生」と掠れ声を出した。

「すまなかったね」

血と汗と埃で汚れた男の顔に触れ、伊織が詫びる。

「きみたちには、いつも危ない仕事をさせている……本当にすまない。大丈夫、ここまで辿り着いたなら、もう大丈夫だ」

　細く白い指で、男の頬を撫で血を拭い取る。

　《袂雀》は瞬きもせずに伊織を見つめていた。どれほど殴られたのか、腫れ上がった目から涙が流れる。あくまで秘密裏に動く彼らは、伊織と直接会うことはなく、これが初めてのはずだ。

　すみません、と《袂雀》は声を震わせた。

「先生を……お守りしたかっ……夷さんの力になって……」

「喋らなくていい」

「目立ってはいけないと……単独で行動し……愚か、でした……」

　それを止めなかったのは芳彦だ。

　胸の内に沸き上がる怒りと後悔を今は押し殺した。嘆くのはあとだ。この男が生きて帰されたならば、なにか意味があるはずなのだ。

「ポケット、に……」

　絞り出すようにそう言うと、彼はとうとう意識を手放してしまう。息はあるが、楽観視できる状況ではない。身体を横たえて気道を確保する。それから上着のポケットを探ると、小型のボイスレコーダーがあった。それを主に差し出す。

　伊織は無言で芳彦の手からレコーダーを取った。

　その場で再生ボタンを押す。

——やあ、僕の息子。膝(ひざ)の調子はどうかな？

高くもなく、低くもなく……耳にするりと入ってくる声。

——耳の傷も気がかりだよ。せっかく母親似の綺麗(きれい)な顔なのに。伊織、おまえは自分を傷つけることに無頓着(むとんちゃく)でいけない。

なんなく他者の心に侵入し、そこに咲く花を笑いながら踏みつけるような、声。

——父親として、どうにも心配になってしまう。

主からボイスレコーダーを奪い返し、握り潰(つぶ)したい衝動に駆られる。

《鵺》の声を聞きたくない。伊織に聞かせたくない。髪がぶわりと逆立つようなこの感覚は、原始的な嫌悪と恐怖だ。

　それでも、聞かなければ。

　この男が……正体不明の、名前すらない、《鵺》が突きつけてくる要求を。

——なんてね。いい父親でもないくせに、今更だ。とはいえ、兄も弟も立派に育ってくれて嬉(うれ)しいよ。この機会に家族の親交を深めようじゃないか。なにか楽しいことをしよう。僕らの鼓動が速まるような、僕らのこの、特別な血が騒ぐような、楽しいことを……。

　クフフッ、と笑い声が入った。楽しくて、つい漏れ出てしまったかのような、どうしても我慢できなかったかのような、とても素直な笑い声に怖気(おぞけ)立つ。

——ゲームがいい。

伊織は微動だにせず、《鵺》の音声を聞いていた。

——ゲームが好きだろう？　違うといっても無駄だよ。わかってる。おまえはゲームが好きなはずだ。なぜかって？　ゲームにとても強いからだよ。ゲームを好きになれるのは、ゲームに強い者だけ、勝てる者だけだ。人は勝つことが大好きなんだよ。勝って、強者として君臨せずにはいられない。

マメは戻っており、芳彦たちからやや離れた場所に立っていた。身を硬くしているが、怯えは伝わってこない。もしかしたら、トウなのだろうか。いずれにしても、じきに救急車のサイレンが聞こえてくるはずだ。

——それはいわば野性だ。僕らの先祖たちが、生き残りをかけて磨いていった遺伝子がそうさせるんだ。だが敗北は惨めで耐えきれない。だから弱い者はそもそもゲームに参加したがらない。危険なゲームに手を挙げるのは、いつだってゲームに強い者だけだ。たとえば僕は、ゲームに負けたことがない。何人とゲームしたか覚えていないけど、ずっと勝ってきた。だからゲームが大好きだよ。

ゲーム、ゲーム、ゲーム。

繰り返されるその言葉の意味を、芳彦は見失ってしまいそうだった。

この男にとって、人を傷つけ、殺し、破滅させることはゲームにすぎない。

予想していたことではあったが……こうも楽しげに解説されると、自分の感覚まで揺らいでくる。すべての物事は、移りゆくこの世界は、ある種のゲームにすぎないのかと錯覚しそうになり……すぐにその考えを振り払った。

冗談じゃない。

自身と大切な人々の命を、時間を、人生を、遊戯（ゲーム）呼ばわりされてたまるものか。

――ドラマなんかで、あるだろう？　ちょっと散らかった、でも温かみのある、心地いいリビング。そこで兄弟がコントローラーを握って、ビデオゲームで競い合ってるんだ。そしてそれを見守る父親……あれをやろう！

ぱん、と軽い破裂音が入ったのは、手を叩（たた）いたのだろうか。とびきりの思いつきを披露（ひろう）するかのように……得意げな口調が続ける。

――ふたりが参加しやすい、楽しいゲームを考えてある。離れて暮らしていたけれど、息子たちのことはある程度わかっているつもりだからね。兄はディフェンスが得意で、弟はオフェンスで力を発揮する。だからこんなのはどうだろう？　ひとりの女性を、兄は守る。弟は奪う。

芳彦はずっと《袂雀》の手首に触れている。彼はもうピクリともせず、次第にその脈が弱くなっていった。

――こういったゲームはオフェンスが有利になりがちだ。だから殺すのではなく、奪う、にしよう。今回に限り、殺すのはなしだ。ただ殺すだけだと、おまえの弟には簡単すぎてゲームが成立しないしなあ。そこはちゃんと、僕が見張っておく。彼女を攫うことに成功したら、弟は兄と交渉できる。その交渉にルールは設けない。金銭の要求、交換条件……なにを要求してもいい。

青目の要求するものが脳裏に浮かび、芳彦はそれを追い払うのに苦心する。

——一度誘拐されても、交渉が成立して彼女を取り戻せれば、おまえの勝ちになる。ひっくり返せば、オフェンスは到底不可能な要求を突きつければいいわけだね。つまり、誘拐されてしまった時点で、ディフェンスは相当不利だ。それを未然に防ぐことが大切というわけ。ただし、警察を動かすのはなしだよ。せっかくのゲームに茶々を入れられたくない。もし警察が動きだしたら、審判たる僕も黙ってはいない……そうだな、このゲームにまったく関係のない、おまえが顔も知らないどこかの善良な誰かを殺そう。不条理もいいところだけれど、世の中はいつでもそんなものだろう？

世の中ではない。

おまえが不条理なのだ。

不条理と害悪をミキサーにかけ、そのドロドロを固めたような怪物……そんな父を持ってしまった主は、微動だにせず、ただ録音を聴いている。

サイレンの音がした。

聴覚の鋭い芳彦にしか聞こえていないだろうが、次第に近づいている。春の夜の空気を、振動させている。

——ゲームだから、区切りを設けないとな。永遠に続くゲームってのは、退屈になっちゃうことも多くてねえ。時間制限がめりはりを作るんだよ。……うん、二週間にしようか。いい緊張感が保てる日数だ。三日後の正午にゲームスタートで、終了はそこから十四日後の正午。奪えれば、弟の勝ち。守り切れれば、伊織、おまえの勝ちだよ。ああ、心が躍るね！　楽しいゲームにしようじゃないか！

芳彦は主を見た。

この人は今、息をしているだろうか？

——さて、攫われるお姫様役を決めないと。まあ、おまえのことだから誰だろうと無視できないに決まってる。それでも、ゲームの盛り上がりのためにはキャスティングが大事だ。だから姫は、おまえにとって大事な人にしよう。正しくは、おまえにとって大事な人が大事にしている人、かな。

この人はいつまで……正気を保てるだろうか？

——小鳩ひろむが、お姫様だ。

二

正直、意外だった。

この場に呼ばれたこと、この場にいること、この人に選ばれたこと……夷から連絡が入り、協力してほしいと言われた時には、俺？　と思ってしまった。

この俺でいいのか、甲藤明四士で本当にいいのか、と。

「負けられないゲームです」

洗足家の客間、いつもの場所に座ってその人が言う。

声の調子と表情は、普段通り、なにも変わらないように感じられる。けれど顔色の悪さは隠しようもないし、《犬神》としての嗅覚もまた、この人の抱えているただならぬ緊張感を察知していた。実際のところ、この人は——洗足伊織は、すでにぎりぎりなのではないか？　ぎりぎりのところで、なんとか己を保っているだけなのではないだろうか。あれほど強靭な精神を持つ洗足ですら……《鵺》相手では、ここまで追い詰められてしまうのか。

「警察は頼れません。『結（ゆい）』を使うのも最小限に抑えます。頭数を多くして勝てる相手でもない。その代わり、文字通りひろむさんから片時も離れず、目を離さず、護衛します……この場にいる三人で」

夷は黙ったまま頷（うなず）き、マメは「はい」と控えめな、けれどしっかりとした返事をした。ふたりの決意はとうに固まっているようであり、それは当然なのだろう。夷とマメが、この人の決めたことにノーと言うはずがない。

そして洗足が甲藤を見る。

決して自分の主（あるじ）にはなってくれないくせに、家にだってなかなか上げてくれなかったくせに……こんな時に、呼びつけるなんて。

「甲藤くん」

呼ばれても、甲藤は顔を上げられなかった。隣にいるマメが、小さな声で「どうしました？」と心配げに囁（ささや）く。どうしたもこうしたも…………。

「俺は」

下を向いたままで、口を開いた。

「俺は、その……新参者っつーか……そもそも、最初の印象はめちゃ悪かったはずだし……ここに、妖琦庵に……ってか、先生に、まだ信頼されてないんじゃないかって、ずっと思ってて……」

もっと賢い話し方ができればいいのに。

思っていることを、的確に言葉にできたらいいのに。

心からそう思うけれど、学校の授業ですらサボり続け、なんら積み上げてきたもののない自分には無理な話だ。お育ちのいいあいつとは違う。賢く、いい大学を出て、公務員で、この人を守るために身体を張り、まだ意識のないあいつとは……。

「脇坂とは、違うよなと思ってて」

ようやく、顔を上げて言った。洗足の隻眼はこちらを静かに見つめていて、言葉の続きを促されているような気がした。

「だから正直、びっくりしちまって。ひろむさんを守るなんて、そんな一大事に駆り出されたなんて……う、嬉しかったけど、すげえ嬉しかったけど、でも戸惑ったっていうか……こんな、責任重大な役目……」

「甲藤くん、先生は強制するつもりはな……」

「やります！　やりますよ！　けど！」

洗足の隣に控えている夷の言葉を、ついぶった切ってしまった甲藤である。やりたくないと誤解されては困ると、焦ってしまったのだ。

「そんなん、ぜんぜん、やるんだけど……！　でも、その前に、あの、知りたいんす。ここに俺を呼んでるってことは、先生は……先生は俺を、その、し……し……」

　そこから先が、どうしても言えずにまた俯く。

　おまえはバカか、自分の中でせせら笑う自分がいる。まったくだ。そんな言葉が欲しいのか？　この人の口から聞きたいのか？　図々しいにも程がある。今まで自分がしてきたことを考えてみろ。いったい、どの面下げて……。

「信じますよ」

　聞こえてきた声を、最初は気のせいかと思った。自分の脳が都合よく作り上げた幻聴なのかと。だからまだ畳を見つめていた。

「甲藤くん。きみを信じることにしたんです」

　繰り返し聞こえてきた声に、ようやく顔を上げる。洗足と目が合うと「もう一度言えと？」といくらか呆れた顔をされてしまった。甲藤は頭を小刻みに横に振りながら、

「いえ、あの……聞こえました……」

　信じられない気持ちのまま、そう返す。

　信じると言ってくれた。確かに言ってくれた。

　洗足伊織が自分を、この甲藤明四士を、素行が良いとは言えない《犬神》を……信じると。

　嬉しくて、言葉にならない。

　鼓動が跳ね、体温が上がる。

「よく聞きなさい甲藤くん。きみを信じることにしたからこそ、この場に呼び、協力を求めているんです。とはいえ、《鵺》の仕切りで青目と対するわけです。どんな危険が待ち受けているか、あたしにも想像が及びません。正直なところ、安全の保証どころか命の保証もできない。だからきみはこの頼みを聞かなかったことにしてもいい。きみがそうしても、あたしは恨みもしないし、失望もしません。こちらの言い分が無茶なのはよく承知していますから」

「……俺は」

ほんの一瞬迷いが生じた。

信じていると言ってもらえて身震いするほど嬉しかったけれど……それでいいのかと、狡く臆弱に考えている自分もまたいるのだ。

「俺は……やります。やらせてください。そりゃあ正直に言えば、おっかない。青目はとにかくヤバイし……。けど夷さんはともかく、チビちゃんだって参戦するってのに……俺だけ逃げるなんて、かっこつかねえっす」

「きみをこの作戦に加えるべきだと言い出したのは、マメですよ」

「えっ。マジでか」

くるりと顔を横にいるマメに向ける。だいぶ大人っぽくなったが、それでもまだ稚さを失わない顔が、照れくさそうに「甲藤さんは、頼りになるから」と小さく言う。

それを聞いて、皮膚がザワザワするほど嬉しかった。人から信頼されるのは、こんなにも快いものなのか。

あとは……夷はどうなんだろう。

初対面で甲藤をひどく懲らしめた、洗足の忠実な家令……恐る恐る顔色を窺うと、少しだけ肩を竦め「先生とマメが信頼する人を、私が信頼しないと思っているんですか？」と逆に聞かれてしまう。

ああ、やっとか。

空を仰ぎ、大きく深呼吸したいような気分だ。ずいぶん時間はかかったけれど、ようやく彼らの信頼を得た。そして、小鳩ひろむを守るという任務を与えられたのだ。

「きみが納得したなら、話を進めたいんですがね」

洗足に言われ、姿勢を正して「進めてください」と返す。

計画そのものは、ごくシンプルだった。二十四時間態勢で、徹底的に小鳩ひろむのそばから離れず、護衛するというものだ。彼女の住まいは1LDKのマンションだそうだが、室内に入る許可も得ているという。

「じゃ、あのちっちゃい弁護士さんはもう、事情を全部知ってる……？」

「ご存知ですよ」

答えてくれたのは夷だ。

「主はなにより先に、ご本人の意向を確かめました。警察に通報することが、ひろむさんにとって一番安全だということもお話しずみです。彼女は熟考の末、通報しないとおっしゃいました。今回通報したところで、《鵺》が捕まるとは思えず、結局ゲームは持ち越しになるだけだろうと。そうなった場合、次は別の誰かが《鵺》の標的になる可能性が高く、そうしたら自分はずっと悔やむはずだと」

「……脇坂のことも、あるんじゃないすか」

甲藤の言葉に、夷は「かもしれません」と頷く。

「だとしても、脇坂くんの仇を討つだとか、そういった現実離れしたことは考えていないはずです。ただ、自分にできることはすべて協力すると。《鵺》に対してどれほどの怒りを抱えていようと、それでもひろむさんは冷静です。そして勇敢でもある。《鵺》は彼女を攫われる姫役だなどと言っていましたが……あの人はむしろ勇者ですよ。しばらくはご実家に滞在することも提案しましたが、家族が巻き込まれることは避けたいので、今までどおり過ごすそうです」

たいした女だと、甲藤も思った。

彼女はすでに、恐ろしい経験をしているのだ。直接の加害者はいまだはっきりしないものの、恐らくは《鵺》が絡んでいるだろう交通事故に巻き込まれ、一時は命も危なかった。それでもなお、逃げも隠れもしないというのか。

「ひろむさんの部屋には複数の防犯カメラを設置させてもらいます。もちろん寝室にも死角は作りません。就寝中、我々はリビングで待機です。トイレとバスルームにはカメラを置きませんが、入り口が見える角度で廊下には設置します。部屋の映像は昼夜問わずモニタリングし、信頼できる妖人女性が担当することになっています。仕事については、休暇を取って貰うことも考えたのですが……ずっと部屋にいるという変化のない状況のほうが、かえって危険と判断しました。事務所にいればひとりになることはまずありませんし、もちろん我々は仕事場にも同行します」

「……ってことは、職場の人に《鵺》の話を？」

いいえ、と夷が答え、一枚の図面を広げて見せてくれた。ひろむの働く弁護士事務所が入っているビルの図面のようだ。

「ここがひろむさんの職場です。古い雑居ビルで、隣は現在空き室になっているそうです。そこを待機室に使います。なんでも、事務所の所長が厄介な案件を引き受けがちな方で、トラブル発生に備え、事務所内には防犯カメラが常設してあるそうなので、その映像を見られるようにします」

「……事務所の了解をもらって？」

「それはきみが知らなくていいことです」

夷の返答から、許可を得ていないことがうかがえた。

　ということは、なんらかの手段でハッキングするのだろう。『結』にその能力に長けている人材がいるのかもしれない。わずか数日でそこまでの態勢を整えたことに、甲藤は感服する。だが洸足にとって、違法手段を使うのは本意ではないはずだ。それでも綺麗事を言っている場合ではない。仮に本当の事情を……《鵺》の存在を打ち明ければ、事務所にいる無関係な人々まで巻き込む可能性も高いだろう。

「ひろむさんの勤務中はそこで待機しながら、カメラの映像を注視してください。事務所には、クライアントや業者なども出入りします。気を抜かないように」

　あの、と甲藤は夷に尋ねた。

「本人にGPSつけてもらったりは、しないんすか？」

「します。靴と腕時計に仕込みますが、これらが機能することはあまり期待しないように。外されてしまう可能性も高いです」

「ちょっと痛ェけど、外科手術で体のどっかに埋めとくとか……」

「無意味ですよ」

　洸足が低く言う。

「そんな小細工は容易に見抜かれます。その部分の肉を抉り取られるだけです」

「うっ……そうっすね……」

　洸足の言うとおりだ。青目ならば顔色ひとつ変えずにやるだろう。

「このゲームは」

再び夷が口を開いた。

「ひろむさんを奪われた時点で、我々は負けたも同然です。青目との交渉などほとんど不可能と考えるべきだし、そもそも『殺さない』というルールすら、あてにならないと私は考えます」

わずかだが、その口調に苛立ちが感じられた。この家令が心を乱すことはとても珍しいが、それほど差し迫った事態なのだ。

「十四日間、ひろむさんを守り抜くしかない。我々は交代制で護衛しますが、そのローテーションは……」

けれど、すぐに夷の口調は落ち着いたものに戻り、説明を再開した。甲藤に与えられた役割は、以下のようなものだった。

夷とマメと甲藤の三人で、ひろむの護衛をする。

三十六時間、つまり一日半ずつで交代していく形になるそうだ。護衛中は彼女のリビングのカウチで寝起きし、職場まで同行、先ほど説明されたように別部屋で見守り、仕事が終われば一緒に戻る……。

これだけベッタリと張りつかれては自宅で寛ぐこともできないだろうが、ひろむはそれも納得尽くなのだ。

詳細はマメが説明してくれるということで、洗足と夷は客間から姿を消した。山ほどの準備や対策に追われているはずだ。洗足の後ろ姿、纏う濃紺の着物の裾から青白い足首が見えた時、甲藤はその細さにぎくりとした。この人はまた、痩せてしまったのではないか。

「……なあ、チビちゃん。先生、大丈夫なのか？」

甲藤のために茶を淹れてくれているマメに聞くと「大丈夫です」とすんなり返ってきた。あまりにも速やかな返答は、まるで何度も練習したかのようだった。

「大丈夫に決まってます。だって、先生ですもの」

「ああ、うん……そうなんだけどさ……」

「僕たちがひろむさんを守ることは、先生を守ることと同じ……夷さんはそう仰ってましたよ。僕はその言葉にすごく納得できました」

「そっか……うん、そうだな。俺も頑張るよ。けどさ、チビちゃんは平気か？　その、荒っぽいことになる可能性もあるだろ？」

マメは盆の上に急須を戻しながら「そうですよね」と苦笑いを零す。無垢な少年のような佇まいの彼は、暴力をとても厭う。それはマメのつらい過去が影響しているものだ。家庭環境に恵まれなかった点は甲藤も同じだが、それでも甲藤には祖父がいた。マメには親類縁者すらおらず、その子供時代は甲藤より過酷だったはずだ。

「夷さんや甲藤さんはともかく、僕はあまりに役立たずなんです」

「いや、そういう意味じゃ……」

「いいんです、大丈夫。自覚はあるんです。僕は暴力をふるうのも、ふるわれるのも怖くて……でも、今はそんなことを言ってる場合じゃない。だから」

カチ、と小さく、湯呑みと茶托の当たる音がする。その次の瞬間には、

「まあ、俺の出番が増えるだろうな」

マメの口調がふいに変わり、甲藤は目を瞠った。

声そのものに変化はほとんどない。けれど喋り方の抑揚が違う。ふだんのどこかふわりとした雰囲気が消えて、性根の据わった感が出る。

「トウか？」

「そう」

マメの中の、もうひとり——かつて、マメを守るために生まれた人格であるトウが現れた。マメよりはやや粗雑な手つきで、「ほら」と茶を渡してくれる。

「……おまえとチビちゃんって、どういう感じになってんだ？　ひとつの人格になったわけじゃないってことか？」

甲藤が聞くと、トウは自分も湯呑みを手にして「あんた向きに説明すると」と語り始めた。

「今まで白と黒に分かれてた色が、混ざった感じかな。でも完全に混ざってはいなくて、濃淡がある。グラデーションだ。白に近い明るいグレーから、普通のグレーまでなら、もうマメひとりで大丈夫。けど、まだいくらか残ってる、ほとんど黒いグレーは俺の担当らしいな。意識的に、あるいは無意識下でも、マメが俺を強く必要とすると、こうやって出てこられる」

「……暴力が必要な時とか？」

「あんた、なにげに失礼だね。もうちょっと言葉を選べよ。『手段を選んでいられない場合』だとかさ」

にやりとしながら言われて、甲藤も小さく笑った。確かに今は、手段を問わずの時、そのものだろう。

「必要悪として、認められてる感じだな。俺のほうが腕力も強いし、痛みにも強い。ついでに疑り深くて用心深い。要するに護衛向きで、こういう時は便利だろ」

「じゃ、ひろむさんと一緒のあいだはずっとトウでいるのか」

「どうだかな。場合によっちゃそうなるかも。俺はマメのふりもできるし、そうしても、ひろむさんは気がつかないだろうし」

「チビちゃんのふり、できんだ？」

「楽勝」

余裕の笑みで、トウは答える。

「けど……おまえはそれでいいわけ？」

甲藤の問いかけに、トウの頬から笑みがスッと消え「なにが？」と逆に聞かれた。

マメと違って、不機嫌があからさまに顔に出る。

「俺がマメのふりして、なんか問題でもあんのかよ？」

「問題っつーか……その、おまえはさ、ただですら、あんまり出てこられなくなったわけじゃん？　なのにこういう時だけ……その、言い方悪ィだろうけど、ていよく使われてるような……」

「使われるもなにも、俺とマメは同じなんだよ」

「チビちゃんに悪気がないのはわかってっけど」

「だから、もともとひとりの人間なんだって」

「けど、チビちゃんのふりまでしてたら、おまえがおまえでいる意味っつーか」

「おい、聞いてんのか《犬神》」

可愛い声が剣呑な口調になる。甲藤は「聞いてるよ」のあとに、続けた。

「……俺は、お前に消えてほしくないんだよ」

「は？」

トウは怪訝な顔で、睨むように甲藤を見る。

なかなかの迫力だけれど、マメの純真な目で見られるより、よほど気が楽なのが不思議だ。

「俺はさ、あのなんか天然で可愛いチビちゃんのことだって、そりゃ好きだけど……けどあの子がそうしていられんのは、お前がいるからこそだろ？　お前らが混ざって、グラデーションになって、そんで生きやすくなんのはいいことだと思うけど……でも消えたりすんなよ？　珍しく出てきてる時まで、チビちゃんのふりなんかしてたらよ、消えそうでおっかねえよ」

「…………」

「俺はおまえのことも気に入ってるし……つか、むしろ喋りやすいのは、おまえのほうかもしんねえ……。チビちゃんはよ、こう、すげーキレイな感じがしてちょっとビビっちまう。よく磨かれた鏡みたいで、自分の嫌なとこが全部映るみたいな……でも、おまえはさ」

「汚い鏡で悪かったな」

「えっ、あっ、いや、そういう意味じゃなくて」

「冗談だよ」

　トウが鼻で笑ったので、甲藤はほっとした。それから真顔で甲藤をじっと見据えると「おまえも大概変わってんな」と言う。

その視線に、内心でギクリとした。

今さっきマメについて、自分の嫌なところが全部映る鏡のようだと言ったばかりだが——トウにしても同じなのかもしれない。ちっとも汚れていないし、曇ってもいない。その大きな目で鋭く見透かされてるような気がして、甲藤はつい視線を逸らす。

「おまえに心配されなくても、俺が完全に消えるにしろ、まだ何年かはかかるだろ。それまで気が向いたら遊んでやるよ」

トウは気楽な調子で言う。甲藤も「おう」と返したが、

「……ただし、おまえが俺たちの味方ならな」

含みのある続きに、一瞬言葉を失う。けれどすぐにニヤリと笑みを作り、

「なんだよ、それ」

と返した。トウは「そのまんまの意味さ」と笑い返すだけだ。甲藤が次の言葉を探しているうちに、トウの頭がゆっくり傾いた。そのまま深くうつむいて——もう一度、顔が上がった時には、

「……もう、トウってばなにを言ってるんだろ……」

少しだけ疲れた様子で、マメが戻ってくる。

「甲藤さんは僕たちの味方に決まってるのに……」

「チビちゃん、か……。え、今の話、聞いてたのか？」

「はい。トウが隠そうとしなければ、僕の記憶にも残るようになったんです。……あの、甲藤さん、ありがとうございます」

「え」

「トウのこと、気に入ってるって言ってくれて」

カッ、と顔が熱くなるのがわかる。確かにトウにそう言ったし、その時は平気だったのに、改めてマメに礼を言われると妙に恥ずかしい。

「や……そ……うん……あ、チビちゃんよりどうこうって話じゃなく……」

「大丈夫です、ちゃんとわかってます。甲藤さんは……なんて言うか、僕のことを丸ごと全部、認めてくれてる感じがして……すごく嬉しいです」

「うわ、ちょ、やめろって」

「ここに甲藤さんがいてくれてよかった。最初に僕を助けてくれた時から、勇気のある人なのはわかってましたけど、今は本当に……心強いです」

「やめ、ほんと、照れるからっ」

気を落ち着かせようとお茶を一気に飲んだら、噎せてしまう。ゲホゲホいってる甲藤の背を、マメがトントンと優しく叩いてくれた。手のひらの温かさが、服の上からも伝わってくる。

「一緒に、ひろむさんをしっかり守りましょうね」

「ゲホッ……ああ、そうだな」

口元を拭いながらそう答えたものの、内心の不安は消せなかった。

守れるだろうか？

あの青目から？　あれほど恐ろしい男から？

あの青目を犯罪者として育て上げた男だと思うと、ゾッとする。《鵺》も確かに恐ろしい。しかし、甲藤にとって《鵺》の存在はまだよく見えていなかった。正体のない者ほど恐ろしいのだということも、頭では理解できる。とはいえ、身体で感じてはいないのだ。

だが青目は——あの男の圧ならば、よく知っている。

ためらいのかけらもない暴力。それが暴力だということを知らないかのような、人の世界では厭われる行為だなどと、想像すらできないかのような——野生の獣が持つ、当然の権利のような。そうすることが自然なのだと、こっちが勘違いしてしまいそうな。ならば仕方ないと、諦めてしまいそうなほどの……。

あの男から、ひろむを守る？

あの男の裏を掻くことなど、本当にできるのか？　洗足伊織ならば可能か？　青目の兄だから？　だが血をわけた兄であるからこそ、青目にああも執着され続けているのだし……。

もちろんその疑心暗鬼を口にできるはずもなく、甲藤はマメからひろむを守る態勢の詳細を聞き、専用の携帯電話も渡された。

不安がっている場合ではない、やるしかないのだと自分に言い聞かせる。

前夜の二十時からの三十六時間を、まず夷が担当する。次にマメ、そして甲藤という順になるそうだ。つまり甲藤の初回は三日目の二十時からだ。

帰り際は夷が玄関先まで見送ってくれた。

珍しいなと思いながらヘルメットのバンドを留めていると「護衛中はバイクを使ってはいけませんよ」と釘を刺された。

「え、そうなんすか……機動性はいいと思うけど……」

「機動性より安全性を優先します。きみの運転技術の話ではなく、構造的に細工をされやすいですから」

なるほど、と納得して頷いた。

「じゃ、フツーに歩きとか電車っすね」

「そうです。公共の交通機関で、群衆に紛れているほうがまだマシでしょう。きみや私は鼻が利きますから、怪しい人間が近づいたら、ある程度は察知できますし。……とはいえ」

夷の言葉が止まり、続く言葉を意識的に封じ込めたことがわかる。

とはいえ危険すぎる、とはいえ無謀な話だ……夷が続けたかったのは、こんなところではないだろうか。いつも澄まし顔の人だというのに、今日はずっと僅かな不機嫌をその身に纏わせているのだ。

「……あの。夷さんが心配すんのは無理ないと思うんすけど」

声が届きやすいように、ヘルメットのシールドを上げて甲藤は言う。

「こうなったら、やるしかないっていうか……俺も、頑張るんで……」

「頑張ってどうこうなる問題ならよかったんですがね」

諦めたような口調だった。夷はこのゲームに乗り気ではないようだし、できることなら、阻止したいくらいかもしれない。無理もない。ゲームオーナーが《鵺》であり、対戦相手は青目——ゲームとしては、最悪の条件なのだ。

「……私は、先生を守れるんだろうか……」

聞こえてきた声に驚き、思わずメットを取って「え?」と聞き返してしまった。この人が甲藤に弱音を吐くなんて、信じられなかったのだ。夷はちょっと嫌そうな顔をしつつも「きみも《犬神》ならわかるでしょう」と言う。

「我々は主を守ることを存在意義とする者です。先生を救うためなら、私は私の命を惜しまないし、きみの命だって使わせてもらう」

「お、俺の命なら、好きに使って……」

「きみだけではない。今回はマメですら、前線に立つんです。私たちはすべての手札を使わざるを得ない。そこまでしても、ひろむさんを青目から守り切れるのか……。これはディフェンスが圧倒的に不利なゲームなんですよ。そもそも、《鵺》と青目が共謀しているかもしれない」

「いや……それはないんじゃ……」

「あり得ることでしょう。どうしてないとわかるんです」

問い詰められ、甲藤は返答に窮した。

「青目は《鵺》に育てられたんですよ。父の言いなりに動いているかもしれない」

「えっと……だとしても……先生のことだけは別なんじゃないすかね……」

「別？」

「だって、青目の……先生への執着ってすげえじゃないすか……先生に関することだけは、たとえ父親とでも……その、なんつーか……ライバル……？」

おかしな言葉だったかもしれないが、ほかに浮かばなかった。

「……つまり、こういうことですか。青目は、兄のすべてを欲している。たとえひとかけらだって、ほかの人間にくれてやるつもりはない。たとえそれが、父親だとしても……と？」

「あ、ハイ。そんな感じです」

夷は小さく頷き、しばらく黙った。甲藤の見解にある程度納得してくれたのだろうか。やがて「いずれにしても」と話を続ける。

「このゲームで我々が得るものはない、という点は変わりません。ひろむさんを守り切ったとしても、《鵺》の用意したゲームをひとつ乗り切っただけです。安全も安心も得られず、次のゲームへの不安が始まるだけ。こんなアンフェアな申し出を受けるなんてどうかしている。なぜあの子は――」

あの子、という言葉。

それを自分で発したというのに、夷は驚いたかのように口を噤んだ。甲藤はつかのま、それが誰を示すのかわからなかった。いつになく感情的な夷が、なにか言い間違えたのかと思ったほどだ。

だがやがて気づいた。言い間違いではない。

あの子とは、すなわち洗足伊織のことだ。夷の中で洗足は、主という絶対的に大きな存在であると同時に、守るべきか弱い存在でもあるのだ。ふたりが出会ったとき、夷はとうに成人していたが、洗足はまだ十六歳の少年だったと聞いている。

「……なぜあの方は、こんな賭けに出るのか……」

静かに言い直すと、夷は額に手を当てて吐息を零した。どう言葉をかけていいのかわからず、メットを抱えたまま立ち尽くすばかりだ。

「……なし。今の、なしです」

やがて、夷が顔を上げてそう言った。

「我ながら情けない……どうか、ここでの会話は忘れてください」

「あ、ハイ……」

頷きはしたが、忘れるのは無理そうだ。

冷静沈着なこの家令が、不安を口走るほどの際どいゲーム。

賭けという言葉は、負けの可能性の高さを窺わせる。

甲藤もここに参戦するのだ。どうすれば勝てる？　どう振る舞えば、本当の意味での勝ちを得られる？　あの人を守りたい。ずっと爪弾き者だった自分を、居場所などなかった自分を、受け入れてくれた人だ。けれど青目の鋭い爪に対し——洗足の指はあまりに優しすぎる。

ならば、自分は、どうしたらいいのだろうか。

答の出ないまま、甲藤は翌日を迎えた。

朝から頭が痛い。考えすぎて眠れないなど、初めての経験だ。自分は直感で動くタイプだと思ってきたので、驚きと戸惑いを覚える。

同時に、色々と思い悩むタイプの人間の大変さを知った。心が悩みに占領されていると、ずっと浅い呼吸しかできず、思っていたよりも苦しい。肉体的な痛みには強い甲藤だが、この手の気鬱さには慣れていない。気鬱の原因を誰かに話せれば、少しはマシになれる気もするのだが、それができる相手などいなかった。顔見知り程度ならともかく、心の内を晒せる友人はほとんどいないし、いたとしても今回の件は絶対に話せない。

だからというわけではないのだが、病院に足が向いた。

あの男の顔を見れば……ベッドに寝たきりで、意識も戻らず、本当なら誰よりも小鳩ひろむを守りたいはずのあいつの顔を見れば、気持ちが切り替わるのではと思ったのだ。なにもできないこいつよりマシ——そんなふうに。まったくひどい考えだけれど、自分が善人ではないことなど甲藤はとうに承知している。

しょせん、ろくでなしなのだ。

だから強い主が欲しかった。

迷いなく導かれたかった。自分で判断する必要なく、安心して支配されたかった。

それは確かにラクなのだ。悩んだり、考えたり、迷ったり……そんなことは面倒だし苦しいではないか。自分でなにかを決めて、そのなにかに失敗したら、後悔も責任もあまりに大きなものになる。

病院に着いたのは午前十一時過ぎだった。

カーテン越しの光の中で、脇坂は今日も眠っていた。

顔色は悪くない。時折、瞼（まぶた）がヒクヒクと動くのは眼球が運動しているからだと、さっきまでいた看護師が話していた。夢を見ている時、そんなふうになると聞いたこともある。だとしたら、脇坂はどんな夢を見ているのだろう。

「お？　来てたのかい」

ベッド脇にぼうっと立ったまま、どれくらい過ぎた頃だろう。別の見舞い客がやってきた。いつも疲れた様子で、やや背中の丸い、そのわりに隙のない不思議な男……鱗田刑事だ。脇坂の相棒なので、よく来ているのかもしれない。

「あ。ども」

「ウン、座んなよ。そこに椅子があるだろ」

「いや、もう帰ろうと思ってたとこで」

「もうちっといいだろ。こいつ無口でな、ヒマなんだよ」

脇坂を指さして、鱗田が言う。

相棒かつ先輩であるこの人にしか許されない冗談に、甲藤はどういう顔をしたらいいのか戸惑い、そうこうしているうちに鱗田がパイプ椅子をふたつ広げてしまって、帰るタイミングを逸した。

ふたりとも、ベッドに向いた形で並んで座る。

病室は静かだ。春の日射しが後頭部に当たり、じんわりと暖かい。

「……こいつとよく行く、うどん屋があってな」

「え。あ、はぁ」

唐突に話が始まる。鱗田とふたりで話したことなど、今まであっただろうか。そんなことを考えながらも、相槌は打った。

「いや、そば屋かな。まあ、うどんもそばもやってる」

「はあ。そういう店、多いすよね」

「昭和で時が止まってるみたいな、古い店でなぁ。しかも、店主がよく注文を間違えるんだ。天ぷら蕎麦頼んでるのに、天ぷらうどん持ってきたり。ちゃんと天ぷら蕎麦がきたとしても、冷やいの頼んだのに、温いのがきたり……たまにじゃなくて、しょっちゅうなんだぞ」

「はあ。そりゃ困るっすね」

なんでそば屋だかうどん屋だかの話をしてるんだと思いながらも、一応つき合う。

ベッドの上で、脇坂の瞼がまた少し震えたように見えた。人の声に反応してるのかもしれない。

「こいつが、そこを妙に気に入ってってな」

脇坂を見つめながら、鱗田は言った。ふたりの年の差を考えると父子と言ってもいいほどだが、だからといって、鱗田から父親的な情感が漂っているわけではなかった。やはり仕事の相棒だ。刑事と、刑事だ。

「……へえ」

「レトロな雰囲気がいいと。注文を間違えるのも面白いんだと。ふつうは、何度もちがうモン持ってこられたら辟易すると思うんだがな」

「けど、ウロさんも気に入ってんでしょ、その店」

「俺ァ、食いもんにたいして興味がないんだよ。腹が膨れりゃなんでもいい。けどこいつは違うだろ。なのに、あのそば屋を気に入ってる。変なヤツだ」

「変なヤツだ、ってとこは同感す」

「おまえさんも、連れてきたいって言ってたぞ」

「……その変な店に？」

「ウン。だから俺はな、言ったンだ。甲藤は注文間違えられたら、絶対怒るだろうなって。そしたら、脇坂のやつ、怒るけど怒りませんよ、だと」

なんだその答は。意味がわからない。

甲藤は初めて鱗田のほうに顔を向けて「は?」と語尾を上げた。

「『僕には怒るけど、店の親父さんには怒らない』だと」

鱗田のほうは、相変わらず反応のない相棒を見ながら答える。

「なんすか、それ」

「わざと間違えてるわけじゃないなら、おまえさんは、マジメに働いてる人に乱暴な口を利いたりしない。そう言ったんだよ。店を出たあとで、『なんでこんなとこ連れてきた』って、怒鳴るだろうけど……そう言って、笑ってたな」

「…………」

「あたってるか?」

「…………」

甲藤はなにも答えなかったが、答えないことがそのままイエスになる。

脇坂がなぜそんなふうに言ったのかは、思い当たるふしがあった。

以前、ふたりで牛丼のチェーン店に入ったことがあった。どういう流れだったかは忘れたが、恐らく妖琦庵の帰りかなにかだろう。脇坂が「たまにはきみがおごれよ」と言うので「なら牛丼な」みたいな会話をした記憶がある。

若いバイトがワンオペで店を回していた。

店内はそこそこ混んでいたし、まだワンオペに慣れていないのだろう、バイトはあまり要領がよくなかった。重なったオーダーに焦り、甲藤に牛丼を配膳する時、ひっくり返してしまったのだ。つゆだくだったので、なかなかの惨事になった。甲藤の革ジャンにもたっぷりつゆがかかったわけだ。

甲藤は怒らなかった。

いいって、平気、おしぼりくれたらいいから……そんなことを言っただろうか。高い革ジャンだったから、内心で舌打ちはしたけれど、怒鳴って時間が戻せるわけでもない。それに、こういうバイトのきつさは甲藤だって知っている。飲食業に限らず、肉体労働や単純作業などのバイトはいくつも経験してきたのだ。泣きそうなバイトの顔はまだ幼くて、怒る気になどなれなかった。

脇坂はたぶん、その時のことを覚えていたのだろう。だから鱗田にそんなふうに言ったのではないか。

なんだか尻のあたりがムズッとして、甲藤は軽く身体を揺すった。脇坂のことを好きとは言わないが、悪い奴じゃないのはわかっている。

「こいつなァ、よくおまえさんの悪口言うんだよ」

せっかく脇坂という奴を多少見直したところだったのに、鱗田が台無しにするようなことを言い出した。甲藤は口をいくらか尖らせて、

「俺も、言いますよ。脇坂の悪口」と対抗する。

「だろうな。おまえたちはアレだもんな。妖琦庵を巡るライバル」

「なんすか、それ」

へっ、と笑って見せたが、実のところ当たっている。甲藤と脇坂は性格や育ちもかなり違うが、互いを認められない原因はそこではない。

「おまえさんは、先生に可愛がられてる……まあ、広い意味での可愛がり、かもしれんが……とにかく、妖琦庵に受け入れられている脇坂が気にいらん。で、脇坂は後からきた、しかも最初はあんなだったおまえさんが、妖琦庵に受け入れられてるのが気にくわん、と」

あんなだった、という点については自覚があるだけに、なにも言い返せない甲藤である。甲藤を窘めるために、洗足が手のひらに負った火傷の痕はまだ消えていない。

「やれやれ、幼稚園の先生を取り合う子供だ」

「ちょ……それは、言い過ぎじゃないすかね」

「そうか？　だってふたりとも、先生が好きすぎて啀みあってるわけだろ。ああ、先生だけじゃなかったな……マメもなあ。優しい子だから、ふたりにニコニコしちまうんだよな。ありゃあれで、罪深いな？」

な？　と聞かれて、どう答えろというのだ。

なにか真っ当な反論をしようと思うのだが、口がおかしなふうに曲がるばかりで、なかなか言葉が出てこなかった。甲藤がやっとのことで言えたのは、

「そもそも、俺は警察とか苦手なんすよ。ウロさんには悪いけどさ」

そんな台詞だった。鱗田はとくに気を悪くした様子もなく「いいさ。嫌われんのは慣れてる」と返す。

「……嫌われるんすか、刑事って」

「アァ……両極端だなァ。犯人を挙げりゃ正義の味方で、挙げられなきゃ税金泥棒だ。捜査ン時は基本、嫌がられる。人様が喋りたくない事情まで、根掘り葉掘り聞くのが仕事だからしょうがあるまい」

「ふぅん。けど、お上の息が掛かってんだから、いいすよね。強制力あるわけだし」

「ウン。まあ、そこだよ。脇坂が嘆くのは」

「嘆く？」

「あいつはもともとは刑事だから、あの家の敷居を跨げたわけだ。おまえさん流に言やあ強制力があった。『僕が刑事だから先生は会ってくださるけど、甲藤は違う』って、よくぼやいてたよ。おまえさんが羨ましかったんだろうな」

「……羨ましい？　あいつが俺を？」

「ウン」

鱗田は楽しそうに頷いたが、甲藤は少し腹が立った。羨ましいって、なんだ。

誰が見たって、恵まれているのは脇坂のほうではないか。くだらない。

「なら、刑事なんかやめちまえばいい」

やや強い口調で言うと、鱗田が「俺もそう言った」と返すので、びっくりした。

「え。ウロさん、こいつに言ったんすか。刑事やめちまえって」

「ウン。ならやめてみるか、ってな」

「そしたら、こいつなんて？」

「ちょっと怒った顔でな、やめませんよって。ははは……」

鱗田は声に出して笑ったが、そのあとふいに笑顔を消し、今度は困ったような顔をした。拗ねたように怒る過去の脇坂と、昏々と眠り続ける現在の脇坂と……脳が同時に処理するのを拒んだのかもしれない。

「ま、やめないでしょうね、こいつは」

そんな顔の鱗田を見ていたくなくて、甲藤はまた視線をベッドに戻す。

「ウン。やめんだろうよ、こいつは」

鱗田は甲藤の言葉を繰り返す。少し疲れたように。

「初めて見た時は、こんな男に刑事がやれんのかと思ったが……なんのこたぁない、こいつはものすごく刑事で、警察官だ。自分はヘラヘラ笑いながら、人のことばかり守ろうとする」

「…………」

「それを特別なことだと思ってない。公僕としての義務だとかも、べつに考えちゃいないんだろう。あたりまえみたいに、そうする。なんなんだろうなあ、あの感じ……俺なんか、ちっと不気味にすら思うよ。似たような人を、もうひとり知ってるが」

「……誰すか」

「ウン。そっちの人は滅多に笑わんな。いつも仏頂面で……でもやっぱり、人のことばかり守ろうとするんだ。そのためなら、涼しい顔で無茶をしでかす。先生が脇坂をちょいと疎ましく思うのは、そのせいかもしれんなあ」

まさか、洗足伊織のことを言っているのか？　脇坂と洗足が似ていると？

「似てるだろ」

甲藤の怪訝(けげん)顔をチラリと見て、鱗田は言った。そして「先生も、こいつも、あんたをほっとけないわけだし」と続ける。

「……は？　なんすか、それ」

あからさまに不機嫌な声を出したのだが、鱗田はちっとも気にしない様子だ。よっこらしょと呟(つぶや)きながら腰を浮かし、点滴の量を確認して、

「こいつが目を覚ましたら、一緒に行ってやってくれよ」

そんなふうに言う。

一緒にって、その、変なそば屋だかうどん屋だかに、か。

「こいつ、そこの親子丼が好きでな。でも半分くらいの確率で、カツ丼がきちまう。だからおまえさんがカツ丼を頼めば、そっちは間違って親子丼がくるかもしれんから、ちょうどいいだろ」

「ウロさんが、そうしてやればいいじゃないすか」

「俺ァ、最近、丼もんはもたれるんだよ」

知るかよ、と思いながら脇坂を見る。ダチでもねえのによ、と心の中で呟いた。なんだかイライラして、額のあたりが火照るように熱くて、じっと座っていられなくなってきた。無造作に立ち上がり、パイプ椅子を足で軽く蹴って位置をずらし、それから畳んで壁際に戻した。

「お疲れ」

鱗田が言う。

働いてばかりいる人間は、別れ際によくこの言葉を使う。『じゃあな』でも『またな』でもなく『お疲れ』。

「お疲れなのは、アンタのほうでしょ」

そんなふうに返すと「いやぁ、俺ァ今、ヒマだよ」と答えた。すでに病室のドア近くまできていた甲藤だが、一度足を止めて鱗田を振り返った。

ヒマ？　そんなはずはない。

もちろん、小鳩ひろむに関するゲームについて、警察は知らないはずだ。甲藤も、一切話は漏らさないように固く口止めされている。だとしても、こうして脇坂が意不明にまでなった原因――《鵺》の存在は、警察だって把握している。不安を煽るだけなので世間に公表されてはいないが、大掛かりな捜査が始まっているはずだ。そして、鱗田はY対に所属し、いまや妖人捜査のスペシャリストであるわけだから、多忙を極めているはずなのに……。

「ここ数年で一番ヒマだよ。なにしろY対がなくなっちまったんでな」

「は？　なくなった？」

「組織編成が変わったんだよ。青目以上の怪物が登場したんで、お偉いさんがたいそう焦ってなぁ。捜査一課内でもっと大規模な編成を作ることになった。……俺は反対したんだがね。頭数増やして、捕まえられるタイプの犯罪者じゃねえもの。後方支援が増えるぶんには助かるが、現場の人数が増えりゃ混乱するだけだ……と、まあ、日頃は地蔵のように大人しい俺にしては珍しく、上に嚙みついたわけよ。そうしたら、新編成から外されちまってな」

「あんたを外した？　なんだそれ？」

この男を捜査から外すのがどれほど愚かしいかなど、甲藤にだってわかることだ。

「外されて大人しく引き下がったのかよ？」

「いやあ、頑張ったさ。相棒がこの有様なのに、自分はなにもできないなんて考えられん。で、もっと噛みついてやったら、謹慎処分を食らった」

「……なにしたんすか」

「右手がなあ、勝手に」

甲藤は言葉を失った。つまり、お偉いさんを殴ったということか。

「だから、ここにいたことは内緒な。自宅でじっとしてなきゃいけないんだが、なんだか落ち着かなくて、つい来ちまう。確認したいのかもしれないな」

なにを、と聞けなかった。

鱗田はきっと、脇坂が今日も息をしているかを……確認しに来ているのだろう。

「言っておくが新編成のことや俺の謹慎のことは口外法度だからな」

「あ、あぁ……」

「つまり誰にも言っちゃいかん。内緒なんだ。だから、先生に言うなよ？　いいか、甲藤。言うなよ？」

鱗田が、今日の会話の中で一番真剣な声を出した。

その言葉が、奥まった小さな目が、本当に訴えたいことを語っている。病室の引き戸に手をかけ、甲藤はしっかり頷いた。それを確認した鱗田は、再びベッドのほうに顔を戻し、もう一度「お疲れ」と言った。

甲藤は返事もせずに病室を出た。

妖琦庵に行かなくては。

洗足に、現状を伝えなければ。

脇坂が入院し、さらに鱗田が捜査の現場から遠ざけられている——この悪い知らせを一刻も早く届ける必要があった。

＊＊＊

その人はいつも突然来た。

ふた月に一度の時もあれば、月に二、三回顔を見せたりもした。必ず、ほかに誰もいない時に現れた。そして母の写真を見せ、若い頃の彼女がどんな風に美しく可愛らしかったかを、とても具体的に語った。さらに、身ごもった彼女がどんなに子供の誕生を待ち望んでいたか、どれほど我が子を愛していたかも語った。

聞き心地のよい声と、独特の語り口は、よくできた物語を聞くように、脳にじわじわ染みていく。

自分の中で記憶の混乱が起きていくのがわかった。思い出すのがつらく、蓋をした記憶の上に、その人の話す母のイメージが層をなして重なる。そうかと思うと、重いはずの蓋は時折、ゴトゴトと不穏に動いて、中から骨ばった母の腕が覗く。その手は包帯を握っている。やがて母の頭部も覗く。乱れた髪の合間から、浮き出た血管とツノが見えている。恐ろしい。

鬼だからだ。母は鬼だからだ。

知っている。電話している声を聞いた。

どうやらあの子は、オニの子のようで……兄の母親は、そう話していた。

——でも忘れてはいけないよ。お母さんは本当に本当に本当にきみを愛していた。

わかってる。覚えている。

——オニでも、こどもをあいするの？

そう聞くと男は顔を輝かせるように笑い、えらいね、お母さんのことを知っているんだねえ、とほめてくれた。

——もちろんだ。鬼でも子供を愛する。きみはお母さんの大事な子供だ。鬼の血を継ぐ子供だ。

そうか。

母の子だから、自分も鬼か。

——鬼は素晴らしい。強くて美しい。支配者とはそういうものだよ。きみは特別な子供だから、きっと支配者になれる。

支配者？　よくわからないし、それになりたいと思ったことはない。なにかになる、ということがピンとこない。兄は言っていた。大きくなったら、おっかさんのように優しくて強い人になりたいと。それもよくわからない。

自分はなににもなりたくなかった。息をしたりなにか考えたりすることが楽しいとは思えなかったし、あと何十年も生きるのかと思うと、あまりに長すぎて呆然(ぼうぜん)としてしまう。むしろどこかに消えてしまいたかった。消えるというか、ほかのなにかの一部になりたかった。

兄の一部になれればいいのにと思った。

そうしたらきっと世界は違って見える。

——そんなに兄さんが好きなのかい。なら支配すればいい。そうしたらきみのものになる。

自分のものにしたいのではない。自分が兄のものになりたいのだ。けれど言葉ではうまく説明できなかった。するとあの人は、

——気をつけないと、ほかの誰かに取られてしまうかも。

などと恐ろしいことを言った。

そんなことはあってはならない。そうなるぐらいだったら『支配する』ほうが、ずっとましだと思った。

三

人は孤独に弱い。

……と同時に、ひとりでいる時間も必要である。言葉にすると当たり前なのだが、この数日で小鳩ひろむは身をもってそれを感じていた。

二十四時間、いつも近くに他人の気配があるというのは疲れるものだ。

寝室にはひとりで入れるのだが、防犯カメラでずっと見守られている。もちろんリビング、キッチン、玄関、すべてにカメラはあり、ないのはバスルーム、そしてトイレだけだ。その二箇所も、入り口はきっちりカメラの範囲である。マンションの周囲にも、何人か見張りはいるらしいが、明確には知らされていない。

ひろむを至近でガードしてくれるのは、夷芳彦、弟子丸マメ、甲藤明四士だ。洗足伊織が派遣してくれた彼らをもちろん信頼しているが、やはり気は休まらない。それは彼らも同じことだろうから、なんだか申しわけない気にもなってくる。

昨晩、狭いカウチを寝床にする夷に毛布を渡しながら、つい、

——すみません、こんな狭いところに寝かせて……。

と口にしたところ、大真面目な顔でこう返されてしまった。

——謝るのはこちらのほうです。あなたを身内の厄介ごとに巻き込んでしまい、心苦しい限りです。本当に申しわけありません。

静かに頭を下げ、夷はそう言ったのだ。

「確かに、その通りなのかもしれませんけど……なんだか恐縮しちゃって。ちょっと、さみしい感じもあったりして」

小ぶりなテーブルの向こう側にいるマメに向かって、少し笑いながらそう言ってみた。すると、ハンバーグ定食を食べていた手を止め、

「あ、なんだかわかる気がします」

と同意してくれた。

ガードがつき、今日で七日目だ。

三人の中だと、やはり圧倒的にマメとの会話が気安い。実年齢よりずっと若く見えることと、ソフトな雰囲気のせいだろうか。仕事の帰り、ひろむとマメは馴染み(なじ)のカフェで夕食をとっている。こぢんまりした清潔感のある店で、食事のメニューも充実しているので助かる。危険を避けるため新規の店には行かないように言われているのだが、ここならば店主もスタッフも知った人ばかりだ。

「その言い方だと、なんだか自分が身内じゃないみたいな気分になっちゃいますよね。もちろん夷さんは、ただ申し訳ない気持ちで言ったんだと思いますけど」

「ええ、気を遣ってくださったんだと思います。それに、確かに私は身内とは言えませんしね」

「うーん、ほとんど身内なんじゃないかなあ」

「マメくんがそう言ってくれるのは嬉しいのですが、まだおつきあいは浅いですから。洗足家にお邪魔したことも、ほんの数度ですし」

「でもひろむさん、夏にそうめん食べた時、お台所手伝ってくれましたよね」

　マメに言われ、あの夏の日を思い出す。

　まだ一年も経たないのに……ずっと昔のようにも思える。洗足家の綺麗な庭。縁側で楽しむそうめん。刻んだ薬味の香りと……脇坂の、笑顔。

　ああ、今は考えまいと、無理にその笑顔を追い払った。

　あの日は楽しかったと同時に、衝撃もあった。まだひろむが入院中、夢うつつに見た男が実在する殺人犯・青目甲斐児だと知ったのだ。

　さらに、青目は洗足の実弟だということも。

「そうですね。少しだけど、お手伝いさせてもらいました」

「夷さんはね、普段はお客様をお台所に入れたりしないんですよ」

「え、ほんとに？」

にっこり笑って、マメは頷いた。

「お台所は、洗足家の中枢ですから。初めていらして、お台所に入ったのって……ひろむさんくらいじゃないかなあ？」

「そう聞くと、なんだか嬉しいな」

「僕たちみんな、ひろむさんのことをとても好きです」

あまりに真っ直ぐな言葉を向けられ、ひろむはしばし言葉を失ってしまった。この純粋さは妖人《小豆とぎ》としての性質なのか、あるいはマメの個性なのか……いや、そんなふうにわけて考えることがすでに間違っているのかもしれない。妖人としての性質もまた、マメという人間に溶け込んでいる個性なのだから。

「あ、ありがとうございます……」

頬が火照るのを感じながら、なんとかそう返した。

「確かに僕たちは知り合ってからまだそんなに時間が経ってませんけど、でも会う前からひろむさんのことは知ってたような気がします」

「会う前から？」

「脇坂さんから聞いていたので」

ああ、そうなのかと納得し、ひろむも生姜焼き定食の続きを食べようとしたのだが、

「脇坂さんが好きになる人なら、僕たちも絶対好きになるだろうなって」

と続いた言葉に、もう少しで噎せそうになった。スパイシーな生姜ソースが、危うく気管に入るところである。

「実際その通りになったし――ごちそうさまでした。美味しかったあ」

マメはハンバーグ定食を食べ終え、箸を置きながら言った。きれいな食べかたは、夷さんの教えの賜物だろうか。美味しかったならばなによりだが、ひろむの食欲はいまひとつである。なるべく考えないようにしているものの……いつ誘拐されるかわからないストレスは、やはり身体に応えているのだろう。

「わ、脇坂さんは……好意を気軽に口に出す傾向があるので……」

お茶を飲んで呼吸を整えつつ、ひろむは言った。

「きっと深い意味はないんですよ……友人知人、キライじゃなければスキという程度の意味かと」

「あ、べつに脇坂さんから、直接なにか聞いたわけじゃないんです。ひろむさんが好きとか、そういうことは」

「……そうでしたか」

お茶を置いて下を向き、耳が熱くなるのを自覚する。なんで余計なことを言ってしまったのだろう。ひろむは顔を上げられないまま、再び生姜焼きと向き合う。

「でも、見てたらわかりますから」

「…………」

「脇坂さんが、ひろむさんを見ている顔を見たら、わかります」

「…………」

「僕にだってわかるんだから、ひろむさんもわかってるのかと思ってました」

「……いいえ」

下を向いたままで、答える。

わからない。そんなこと知らない。脇坂が自分を好きだなんて、思えない。

そうだったらいいのにと考えたことはあるけれど……本当は何度も何度も考えたけれど、その度にすぐ打ち消してきた。だって、自分の目で見たではないか。綺麗な女性と腕を組んで、親しげに歩いて行ったあの姿を。

「脇坂さんは、おつきあいしている方がいるようですよ？」

明るい声を作ろうとしたら、妙に上擦って不自然になった。けれど、一度出た声はもう戻せない。せめて表情だけでもいつも通りに見せようと、ひろむは顔を上げてマメを見た。マメは「え、それって初耳です」と小首を傾げる。

「照れくさくて、マメくんには言ってないのかも」

「ひろむさんは本人から聞いたんですか？」

「……実は、デートの現場を見かけたことがあって」

「声をかけたんですか？」

「まさか」

「あとからデートだと確認を？」

「いえ……私が確認するようなことでも……」

「ひろむさん」

マメの声の調子が、ややシリアスなトーンになった。そしてちょっと遠慮がちに
「これは先生がよく仰ることなんですが」と前置きしてから、

「目で見たものが真実だとは限りません。それを解釈する僕らの脳は、自分を欺くのが得意です。だから、大切なことはちゃんと確かめたほうがいいと思うんです」

真摯な声で、そう言った。

そんな大袈裟な、大切というほどではないし、他人のプライベートに踏み込むのもよくないし………いくつかのフレーズが、ひろむの頭の中をよぎる。けれどそれを口にはしなかった。どれも言い訳だとわかっていたからだ。人の目が見たものなどあてにならないと、仕事柄よく知っているはずなのに……。

でも、怖かったのだ。

確認するのが、知るのが、怖かった。

彼があの屈託ない調子で「そうなんです、彼女なんです。見られちゃいましたかー」と笑うのが、怖かった。その時、自分がどんな顔をしたらいいのか。そのあとも今までどおりに接することはできるのか。そういうことがすべて、怖かった。

「……確かめ……たいです」

けれどひろむはもうわかっている。

もっと怖いのは、確かめられないまま終わってしまうことだと。

「確かめます。必ず」

彼が目覚めたら。

また話せるようになったら。

きっとそうなる。絶対にそうなる。

心の中で繰り返していたら、いきなり涙が溢れてきた。ほとんど前触れもなく、あっというまに流れ出し、頬に川を作る。涙の川はするすると顔を流れ、顎で少し止まってから、ボタボタと落ちていく。

自分が泣いたことに、驚きはしなかった。

ただ思った。ああ、やっとか、と。

脇坂が病院に運ばれて以来、今の今まで、泣いていない。何度も見舞いに行き、眠り続ける顔を見ているけれど、涙は出なかった。

泣いたりしたら、この最悪な状況を認めてしまう気がして、怖かったのかもしれない。こんなことは一時的であり、すぐに彼は目覚めるのだから泣く必要なんかない……そう思い込むことで、自分を保とうとしていたのだろうか。逃げ場のない不安が胸を塞いだまま、日々は続き……けれど、いつか堰が切れるだろうとは思っていたのだ。悲しみや苦しみはどうあがいても自分で制御できず、ところかまわず泣き出す可能性もあり、まさに今、そうなった。

バッグからハンカチを引っ張り出し、顔を覆う。

人前で泣いてしまうなど、いつ以来か思い出せない。仕事中ではなくてよかった。さすがにクライアントにこんな姿は見せられない。

「きっとすぐ、確かめられますよ」

マメは優しく言ってくれたけれど、ひろむはまだ顔からハンカチを外せなかった。ごめんなさい、と言おうとしたのだが、呼吸が整わずみっともない息が漏れ出ただけだった。諦めて、ただ泣いた。

ずいぶん泣いて……だからといって心が軽くなるわけではないけれど、胸を塞いでいた不安の石の角が、少し溶けて丸みを帯びた気はする。マメはひろむが泣き止むまで静かに待っていてくれたし、店のスタッフたちも見て見ぬふりをしてくれた。生姜焼き定食は、申しわけないことに少し残してしまった。

店を出たあと、明るく安全な道を歩いて自宅へと向かう。

今夜はシャワーではなく、ゆっくりバスタブに浸かることにしよう。以前、脇坂がくれたアロマオイルをブレンドした入浴剤を使ってみようか。もしかしたら風呂の中でもう一度泣いてしまうかもしれないけれど、それは仕方ないことだ。

「……明日、お見舞いに行こうと思います」

自宅マンションの階段を上りながらひろむは言った。先を歩くマメが「わかりました」と振り返って微笑む。

「明日の朝から甲藤さんに交代なので、伝えておきますね」

「お願いします」

ガードは三十六時間で入れ替わる。明日の朝八時からは甲藤だ。

「そうだ、甲藤さん、前回どうでしたか？　なにかご不便とかあったら……」

「いえ、きちんと護衛してくださいました。あ、でも私はちょっと緊張してたので、それが態度に出ていたかも……甲藤さん、気を悪くされてましたか？」

「いえいえ、先生が気になさってただけです。甲藤さんはちょっとだけ、粗雑なところがあるからって。本人は『女の人の部屋って、なんかいい匂いなのな……』って感心してましたよ」

「本当に？　アロマディフューザーを新しくしておいてよかった」

玄関前で鍵を出しながら、ひろむはちょっと笑うことができた。

解錠する前に、マメがスマホを取り出して誰かに連絡している。部屋の中で稼働している防犯カメラを確認してもらったのだろう。マメが「どうぞ」と言うのを待ってから、やっと鍵を開けた。

部屋の中に入るのもマメが先だ。リビング、寝室、バスルームやトイレ、全ての空間を確認してからひろむも入る。こういったルーティンにはだいぶ慣れてきた。

「着替えますね」

そう声をかけて、寝室に入る。カメラがあるので着替えはバスルームでするようにしているのだが、部屋着が寝室に置いてあるのだ。

扉を開けた瞬間、ひろむは固まった。

ひろむの感じた恐怖を、マメはすぐさまキャッチしたらしい。弾かれたように飛んできて、ひろむの前に立ち、自分が壁となる。マメが眼前に立ったせいでひろむの視界が遮られるが、今見た光景は目に焼き付いていた。

「お前まで駆り出されるとは、よっぽど人手不足なんだな」

その声。

夢の中で聞いたと思っていた、声。

なぜ。どうして。

自分とさほど身長の変わらない、マメの背中を見ながらひろむは混乱した。今さっきマメが確認したばかりなのに。それより前だってずっと……防犯カメラが見張っていたはずなのに。

「それとも、あれか。結局、兄貴が心から信頼している面子なんざ、たいしていないってことなのかもな。お前にしろ夷にしろ《犬神》にしろ、ずいぶんな貧乏くじだ。本音ではわかってるだろ？　俺に勝てるはずがないってことは」

寝室の明かりはついていた。だから顔もちゃんと見えた。

緊張と恐怖が見せた幻覚にしてはあまりにはっきりしていたし、今こうして声も聞こえている。その男はひろむのベッドに腰掛けていた。長い脚を組んで、ゆったりと、リラックスした様子で。

「俺はいつでも簡単におまえたちを殺せる」

青目甲斐児。

連続殺人事件の被疑者であり、ひろむを誘拐しようとしている男。

「コンビニで季節限定のスイーツを買うほうが難しいかもしれない。あれはたまに売り切れるからな。でもおまえらはいつでも殺せる。一年前でも殺せたし、昨日も殺せたし、今だって殺せる。……おっと、ポケットに手を入れるな。そこにナイフが入ってるな。小さすぎてウサギも殺せないようなナイフだが……狐の毒が仕込んである。

そいつは好きじゃない。このあいだ掠(かす)っただけで、なかなか大変だった」

「今度は掠っただけで死ぬそうだぜ」

　マメの口調が普段とは違っていた。青目は薄笑いを浮かべて、「ああ、おまえ、そっちか」と返す。

「トウのほうだな？　動じないはずだ。しかも、ただ突っ立ってるだけなのに隙がない。そこの弁護士さんは承知なのか？　お前が二重人格だってこと」

「解離性同一症」

「知ってる。わかりやすく言っただけだ。とにかくお前の中にはふたり住んでる。前から聞いてみたかったんだよ、それはどういう気分なんだ？　俺も兄貴の中に住めれば良かったよ……身体がひとつだったら離れようもないし」

「あんたが想像してるような楽しいものとは、ちょっと違うな」

「そりゃ残念」

　青目がゆっくり立ち上がった。

　途端にマメ……いや、トウ？　どちらにしても、ひろむを守ろうとする青年の全身にさらなる緊迫感が満ちる。妖琦庵の人々と違い、ひろむはとくに勘がいいわけでもない凡庸な人間だ。それでも、はっきりとわかった。彼はまさに臨戦態勢なのだ。

「そう殺気立つな。今夜はなにもしないさ」

青目の口調には、あくまで余裕が感じられる。

ひろむは意識的に深い呼吸をしたあとで、立ち位置を僅かに変えた。青目の長身がよく見える。目が合うと、殺人鬼はニコリと笑った。似てない。兄弟だけれど洗足には似てない。……嘘だ。似てる。兄のような線の細さは皆無だけれど……ほら、口元だとか……。

「弁護士さんにも、わかってるだろう？　このゲームに勝ち目がないことを」

穏やかな口調で、事実を言う。確かに勝ち目はないのだろう。今こうして、青目がこの寝室に侵入していることが、なによりの証明だ。

「防犯カメラを百個仕掛けようと、護衛を百人つけようと、俺には無駄だ。手段を選ばなきゃ、誰だろうと殺せるし、誰だろうと誘拐できる。だから忠告にきた。すぐに警察に保護を求めて、安全な場所に匿ってもらえ。俺の……俺たちの親父は兄弟にゲームをさせたいだけだ。あんたにこだわってるわけじゃないから、別のターゲットで仕切り直す」

「……なぜ、あなたが」

ひろむが言いかけると、マメが「こいつと話す必要はないよ」と牽制した。けれどひろむは、さらに一歩前に出てマメと横並びの位置に立ち、改めて青目を見る。

恐ろしくて、膝が震えた。

瞬(まばた)きのあいだに殺されたとしてもおかしくないのだ。

それでも、声を、言葉を出した。この厳しい状況を変える手立てを探せる、最後の機会かもしれないからだ。

「なぜあなたがそんな忠告を？　私を攫(さら)いたくない理由でもあるんですか？」

「いや、べつに？」

青目は楽しそうに答える。

「攫いたくないわけじゃない。さっき言ったろう？　俺は誰でも誘拐できる。あんたを攫って、その可愛い指を十本……二十本？　全部切り落として、兄貴に送りつけてもいい。一本か二本はその場で食っちまうかもしれないが、とにかく簡単にできる。ただ、今回の仕切りは親父で、たまたまあんたがチョイスされた。俺が選んだわけじゃない。あんたには多少の借りもあるから、逃げたらどうだと言いにきた」

「借り？」

「メッセージを兄貴に届けてくれただろう？」

──気をつけろ、麒麟(きりん)のとなりに《鵺》がいる。

確かにひろむはあのメッセージを洗足に届けた。ひろむの意思で届けたというよりは、そうなるであろうことを承知で、青目はひろむの病室に現れたのだ。

「私が警察に保護を求めるより、手っ取り早い方法があると思いますが」

「へえ?」

「あなたがこのゲームから降りればいい話なのでは」

平静を装って言ったけれど、喉がからからで声を出しにくい。

「なるほど。でもそれはできない」

「どうしてですか」

「俺は兄貴と遊ぶのが大好きだから、一度だって機会を逃したくない」

「他人を傷つけたり殺害したりすることを、遊びだと?」

「遊びでゲームだ。生まれてから死ぬまでがそもそもゲームみたいなものだろ?」

「失礼ですが、使い古されて陳腐化した言い回しですね」

ひろむの言葉に、青目がクッと笑った。

「確かに。どっかで見聞きしたようなセリフだ。だがな弁護士さん、残念ながら俺みたいに生まれつきおかしいヤツには、本当に、心から、そうだとしか思えないんだ。俺たちは偶然生まれて、必然で死んでいく。そのあいだになにをしようと、実のところ意味なんかない。だったら、少しでも楽しいゲームがしたいじゃないか」

「そのゲームとやらをすることで、あなたたちご兄弟の距離はどんどん離れているように思えますが」

青目の顔から薄ら笑いが消えた。

　マメが緊張を強くしてひろむの腕を掴む。その力が想像以上で痛いほどだったけれど、今はむしろそれが心強かった。

「……兄貴のことは、あんたには関係ない」

「私を使ったゲームをしてるんですから、関係あります」

「なら教えてくれ。こんなゲーム以外で、どうやったら兄貴が俺を……俺だけを見てくれる？」

「自分だけを見てもらおうというのが、そもそも無茶です。私たち人間は、複数の人間関係の中で生きていくようにできています。閉鎖的な関係はいつか破綻をもたらし、双方にダメージを与え……」

「俺の母親は俺だけを見ていた。俺にもそうしろと言っていた」

　割り込んできた口調に怒気はなかった。むしろ少しぼんやりしているようで、遠い記憶をたどっているようにも感じられる。母親……青目の母親は、洗足の母とは別人だ。どういう人で、今どうしているのか、ひろむは一切知らない。

「母親は俺だけのために生きていて、だから俺もそうすべきだと思っていた。俺たちの世界で完結していて、完璧だった。少なくとも、ある時期まではそうだった。その時期がすぎてからも……痛くても、苦しくても、それで母親が喜ぶなら……」

　痛くても、苦しくても？

　その状況の詳細を聞くことがためらわれ、ひろむは口を閉ざした。青目から放たれる空気が揺らぎ、不安と不穏と……あとは、なんだろうか。ひろむには理解できないほどの重たく暗いなにかが、その身体のまわりに渦巻く。

「あの女のことは……もういい」

　ぼそり、と言葉が落ちる。

「兄貴がいればいい。兄貴しかいらないのに、兄貴だけが手に入らない」

　小首を傾げて言う。空はなぜ青いの、と聞く子供のようにも見える。

「昔はよかったのに……どこでどう間違えたのか、わからない。あの時か、あるいはあの時……分岐点はいくつか思い浮かぶが、そこに戻るわけにもいかないしな。なんにしても、俺はずいぶん殺したし、食った。兄貴は俺を許さないから、もう遊んではくれない。強引なゲームを繰り返して、ますます嫌われて……でも嫌ってるうちは、俺を忘れたりはしないだろう？」

　ひろむは耳を疑った。

　ならばこの殺人鬼にとって一番恐ろしいのは、兄である洗足伊織に忘れ去られることだと？　そんな子供じみた理由で他者を傷つけ、殺すと？

　ああ、だけれど――ひろむは思い直す。

　人を壊すのは、いつだって孤独だ。

「こんなに長く喋ったのは久しぶりだ」

またふいに空気が変わる。

「あんたは俺を喋らせるのが上手だな。でもそろそろ帰ろう。そこをどいてくれ」

まるで招かれた客のように堂々と、ひろむとマメに言った。

マメが慎重に動き、まず、ひろむの腕を引いてリビングの奥まった場所まで導く。

青目はそれを待ち、ゆっくりと寝室から出ると玄関へと向かう。今気がついたが靴は履いたままで、それなのに部屋の中に土足の汚れは一切なかった。一瞬、この男は本当に存在しているのだろうかと馬鹿なことを考えてしまう。まだすぐそこにいるというのに。

「もう来ない。忠告はこれきりだ。……トウ、兄貴によろしくな」

それだけ言うと、ごく普通に玄関から帰っていく。

その姿を見送った後も、マメはしばらく同じ場所で硬直したように立っていた。心配したひろむはその背中にそっと手を当ててみる。

その瞬間、マメは膝から崩れ落ち、ひろむを驚かせた。

慌てて横に寄り添い「大丈夫ですか」と聞く。真っ青な横顔のこめかみが青く浮いて脈打ち、額からは汗がだらだらと流れていた。

「すみません」

かすれた声で、謝る。

「……なにも、できなかった……すみません」

「そんな……大丈夫ですか？　あの……今は、どっち？」

解離性同一症……それが本当なのだとしたら、マメなのか、トウなのか。そう尋ねると、顔を隠すように覆い、「僕はマメです」と指の間から答えた。

「さっきまではトウで……僕では役に立ちませんから……でも、トウでも恐ろしかった……なんだろう、あれは……あれは……」

マメは青目を表現する言葉を探していたが見つからないようだった。

無理もない。ひろむは先輩の補佐役として、重刑を求められている犯罪者に会ったことがある。当然、犯罪者だからといってひとくくりにできるわけではない。彼らの背景が別々であるのだから、彼ら自身も全く別々の存在だ。

だが、それを考えてもなお――青目は特殊に思えた。《悪鬼》だからなのだろうか。いや、そのバイアスはむしろ判断を鈍らせるのか……。

「すぐ先生に連絡します」

マメは顔を上げ、冷や汗を拭（ぬぐ）いながらも立ち上がった。携帯電話を取り出して洗足にかける。ほどなく夷がやってきて、すべてのカメラの点検が始まる。その夜は二人がずっとついていてくれたけれど、眠れるはずがないのは明白だった。

「これをあんたにって。先生が」

青目が現れた翌朝、ひろむは甲藤から封筒を受け取った。手漉き(てす)きの和紙だろうか、風合いのよい白い封筒だ。

「読んだら、すぐに燃やすように……って言ってた。必ず」

「わかりました」

なんだろうと思いながら受け取り、「寝室で読んできますね」と甲藤に告げる。甲藤は頷(うなず)いて、リビングのソファに腰掛けた。早起きには慣れていないのだろう、少し気怠(けだる)い様子で、髪には寝癖がついている。

朝七時半、出勤までまだ少し時間がある。

先ほど、マメは甲藤と交代で妖琦庵に戻った。夷は一時的に外している。ひろむの部屋の防犯カメラをすべて取り替えることになったので、その手はずを整えるためだ。今日、ひろむが仕事をしているあいだに全部終わらせると話してくれた。

——警察に、行きますか？

明け方、キッチンで水を飲んでいたひろむに夷はそう聞いた。

マメはクッションを枕に床で横になっていたが、寝たふりだったかもしれない。昨晩は三人ともリビングで過ごし、ひろむはソファに横たわったが、やはり一睡もできなかった。

冷蔵庫の青白い明かりを浴びながら、夷の問いに、いいえと答えた。

——そうですか。正直なところ、私はそうしてほしいのですが。

——昨日は本当に恐ろしかったので……ひと晩ずっと考えました。それでも、やっぱりだめなんです。別の誰かが私の替わりになり、最悪の事態にまで至ったらと想像すると……それは私にとって一生の傷になってしまう。

——だとしても、死ぬよりはましなのでは？

いつも礼儀正しい夷にしては、あまりに直接的な言い方だった。つまり事態はそこまで差し迫っているのだ。

——失礼な言い方をお許しください。私は主の命に従うと決めた者です。人生をまるごと、託しているとも言えます。けれど、ひろむさんの立場は違います。どうか優先順位を考えてください。脇坂さんが目覚めた時、万一、あなたが……。

——夷さんの中で、私が死ぬことは決定ですか？

冷蔵庫を閉めながらそう聞くと、ちょっと面食らった顔で、そんなわけではありません、と答える。

——ただ、絶対にそうならないという保証もないのです。

——ええ、そうですね。殺さないというルールが遵守(じゅんしゅ)されるとは、私も思っていません。私は死にたくないですし、死ぬつもりもないし……でも……うまく言えないのですが……。

——逃げたくないと？

その問いに首を傾げた。逃げるのが悪いとは思っていない。逃げなければいけない時は、人生に何度だってあると思う。確かに、今もその時なのかもしれない。意地を張り、いい人ぶっている場合ではないのだろう。恐らく、親しい人が今の自分と同じ状況に陥ったら、ひろむもやはり「逃げろ」と言うはずだ。

頭ではわかっている。

感情もまた、怯(おび)えている。逃げろと言っている。それなのに……。

——私は、私を嫌いになりたくないんです。

ひろむが逃げたとして、別の犠牲者が出たとして……責める者はいないかもしれない。誰もが、無理もないよと、ひろむを許すだろう。ただひとり、許してくれないのは自分自身だけだ。ひろむは逃げた自分を嫌悪してしまう。

もともと、自己肯定感の高いほうではない。

法律を身につけ、弱者の味方になりたいと思ったのも、誰かの役に立って自分を肯定したいという気持ちからなのだろう。三十代に入ったあたりから、やっとある程度自分を認められるようになってきたのだ。ここで警察に駆け込めば、ひろむはきっとまた自分を嫌いになってしまう。

――融通が利かなくてすみません。

冷蔵庫の前でペコリと頭を下げ、ソファへ戻って毛布にくるまった。

夷はもうなにも言わなかった。頑固なひろむに呆れたことだろう。脇坂がここにいたら、なんと言うだろうか。やはりひろむに逃げるべきだと言うのか。あるいは、強引に安全な場所に隔離されるか……たぶん、あの人はそんなことはしないと思う。なんとなく、そう思う。彼は、他者の意思を尊重するような気がする。

今日の午後、病院に行ってみよう。

脇坂の顔を見たい。髪にちょっとだけ触れたい。

意識もなく眠っているだけでも、あの人はひろむに力をくれる。そんなふうに思える相手が、自分の人生に現れるとは思っていなかった。

ひろむはライティングデスクの前で、甲藤から預かった封筒を開けてみた。

かすかな香がふわりと漂う。

あ、洗足の香りだと思った。中には同じく和紙の便箋が折りたたまれていた。広げてみると、そこにはとても短いメッセージが……いや、これはメッセージなのだろうか？　漢字がひとつ、書かれているだけなのだ。

　左。

万年筆だろうか。僅かに滲んだ青いインクで……それだけ。

ひろむは思わず、その場で自分の左側を見てしまった。昨晩、青目が座っていたベッドが目に入るが、とくに不審なところはない。

左……左……連想される単語は、左利き、左翼、左派、左褄……この『左』はどういう意味なのだろうか。洗足は、ひろむになにを伝えようとしているのか？

　まったく想像がつかなくて、困ってしまった。

　この手紙を届けてくれた甲藤になにか聞いてみようかと踵を返し、だが止まる。すぐに燃やすように、と言っていた。つまり、誰にも見せてはならないのだ。かつ、洗足自身に聞くこともできない。それをしていいならば、わざわざ手紙にする意味がないわけで、直接は言えない理由があるのだ。

　自分だけで、この『左』が意味するところを考えなければならない——一度部屋を出て、キッチンで手紙を燃やす。甲藤がソファに腰掛けたまま、

「あのさ……なんか、大丈夫か？」

と聞いてきた。この人は口調がやや粗野ではあるが、それでもひろむを気遣ってくれているのはわかる。

「はい。なんとか」

「なんとか……だよなあ。そうだよなあ……青目が現れちまったんだもんなあ……。けどあんたすげーよな。逃げないんだもんな」

「甲藤さんだって、逃げてないじゃないですか」

「いやいや、俺があんただったらソッコー逃げちまうよ。あいつはやべえ」

「でも、こうして私のガードをしてくださってます。夷さんも、マメくんも……自分にも危険が及ぶのに、そばにいてくれる。心強いです」

「……いや、俺なんか……」

照れたのだろうか、こちらに向けていた顔をフィと逸らし、

「……脇坂が元気だったら、俺にあんたの護衛はさせなかっただろうし」

そんなふうに続けた。手紙がすべて燃え切って、ひろむは換気扇のスイッチを押しながら「そうでしょうか」と返す。

「そうだよ。ま、今回は警察に一切頼らないって方針なわけだけど……」

警察を動かせば、なんら関係のない犠牲者が出る……それを避けたいならば、《鵺》に従わざるを得ないのだ。

　脇坂は意識不明、唯一、秘密裏に頼ることが可能だった鱗田は、Y対の新しい組織編成から外され、しかも謹慎中と聞いている。

「けどあいつならきっと勘づいたと思うんだよな。そしたら、俺みたいなチンピラがあんたの部屋に入るなんて、嫌がるに決まってる。……まあ、先生が決めたことならしぶしぶ承知したかもしんねーけど」

「おふたりは仲がよくないんですか？」

「よくないよくない。あいつから、俺の悪口聞いてるっしょ？」

「悪口というか……」

　テーブルの上に置いた、大きな仕事鞄から手帳を取り出しながらひろむは答えた。スマホの情報は流出が怖いので、詳細な予定は手帳で管理しているのだ。今日の午後はクライアントと面談がある。

「自分にないものを持ってるから妬ましい、みたいな話は聞いたことがあります」

「はあ？　あいつ、全部持ってるじゃないすか。金もルックスも家柄も」

「ハングリー精神的なものが、自分には足りないと」

「なんだそら。……で、ひろむさんはなんて答えたんすか？」

　パタンと大きな手帳を閉じ、鞄にしまってひろむは甲藤を見た。

「ハングリーになったことがないなら、しょうがないんじゃないでしょうか、と」

「え？」

「甲藤さんが仰るように、脇坂さんが育った環境ではなにかに『飢える』ことはあまりなかったと思うんです。ハングリーになったことがないのに、ハングリー精神は培われないわけで」

「めちゃくちゃその通りっすね」

「脇坂さんは脇坂さんのままで、充分なのに」

「…………今、ノロけました？」

ソファの背もたれに頭を乗せている甲藤に「ノロけてません」と早口に言い切った。ちょっとむきになってしまったかもしれない。

「脇坂さんと甲藤さんでは、個性も長所も違うという話です」

「アハハ。俺はべつに長所はないっすからー」

上着に袖を通し、ひろむは「そろそろ出ましょうか」と言った。甲藤がウス、と立ち上がり、先に玄関に立つ。スタッズのついた革のブーツに足を入れると、玄関扉を慎重に開け、外を確認してから、

「いいすよ」

とひろむのためにドアを大きく開けてくれた。

「甲藤さんは親切です」

まだ玄関に立ったまま、ひろむは甲藤を見上げて言った。

「へ？」

「背が高くて、手足も長く、スタイルがいいです」

「え……あの……？」

「運動神経が優れていて、腕力も強いから、実に護衛向きですよね」

「もしかして、俺の長所探してくれてます……？　ハハッ。ならまだあるんすよ、長所。俺はしょせん犬なんでね、決めた主の命令は絶対に聞くなんてのも……」

「人間です」

そう返すと、甲藤がきょとんとした顔でこちらを見た。

「甲藤さんが《犬神》なのは知ってますが、それはただの属性で、それ以前に人間ですよね。私が生物学的に女である以前に、人間だというのと同じで」

「……はあ」

「《犬神》としての忠誠心は長所だと思いますが、それならば『しょせん』という言葉は不要かと」

「……長所、なんすかね。他人からの命令待ちばっかでも？」

「必要な時には、ご自分の意思で決めているでしょう？」

「必要な時って、どんな時なんすかね？」

聞き返されて、ひろむは戸惑う。なにか、甲藤の気に障ることを言ってしまったのだろうか……そうも思ったが、改めて見た様子から苛立(いらだ)ちは読み取れなかった。

「あの、俺……うまく言えないんすけど……こう……怖くないすか？　自分で決めんのって」

まるで思春期の男の子のような……不安と自信のなさを必死に隠そうとして、でもあまりうまく隠せていない、そんな顔の甲藤がいた。

「俺はバカだから、自分の決めたことなんかぜんぜん信用できなくて。だから、誰かに決めてもらったほうがラクで……そういうのは、ダメなんすかね……？」

「ダメというか……」

甲藤が真剣なのはわかった。ならばひろむも真剣に考えて答えなければならない。

改めて聞かれると、難しい問題だ。

誰かに従属して生きたいというその意思自体が、その人の選択なのだとしたら？　ならば他人が口を出す筋合いではない。その人にはそうする権利があるのだろう。ひろむは自由の尊さを信じている。どう生きようと、自由なのだけれど……。

「誰かに決めてもらって、そんでうまくいってたら、いいんじゃねえのって……思っちまうんすけど……」

「そうですね」

ひろむは頷きつつ、自分の頭の中を整理する。

「でも、うまくいかなかった時、納得できるでしょうか」

「……うまくいかなかった時？」

「失敗した時、痛い目に遭った時、その原因が自分ではなくて他者にあったとして、納得できるでしょうか」

甲藤は首を傾げつつ「そん時は……納得はしねえけど、でも自分で決めたことじゃないから、自分の責任でもなくて……」と考えている。

「なら反省しなくていいし。やっぱラクなんじゃないすかね？」

「そうなんです。反省しなくていいんです」

ひろむは甲藤の言葉を受け止めたあとで「だから、変われません」と続けた。

「変われない？」

「自分を省みることがないと、人はなかなか変われないので……私の場合、それでは困るんです。あまり自分のことが好きではないので、少しずつでも変わっていきたくて……」

「え。ひろむさん、自分のことキライなんすか？」

「今はそれほどではありません。かといって、好きかと聞かれてハイと即答はできないですね……」

だからひろむは、自分自身について屈託なく、ポジティブに受け止められる人間に憧れる。脇坂もそういうタイプに思えるのだ。

「まあ、そんな感じで……自分の選択で失敗したなら、あとは失敗を無理やりにでも糧にして、前に進むしかないわけで。なので、私はできるだけ自分の意思で物事を決めたいなと……あっ、もうこんな時間……」

腕時計を見て、ひろむは慌てた。朝から色々と語りすぎてしまったようだ。急がないと遅刻してしまう。甲藤も「すんません」と急いで部屋を出た。

甲藤が廊下を確認してから、ひろむも共用廊下に出る。

しっかり鍵を掛け、確認した。

この施錠も青目にとっては無意味なのだろうという考えが頭を掠めたが、振り払う。無意味という言葉は危険だ。頭の中で繰り返しているうちに、その人間の脳に染みこんで、すべての意欲を奪いかねない。どんな不安の中でも……いや、不安の中でこそ、たった一歩の、前に進もうとする力が大切だ。それがなければ、呆然と立ち尽くしたまま人生は終わってしまう。脇坂が回復しなかったらどうしよう。青目がまた現れたらどうしよう。洗足の寄越した『左』の意味がわからなかったらどうしよう――。

不安と恐れを背中や両手にぶらさげて、この身はひどく重い。

マンションの共用廊下にいるだけなのに、断崖絶壁に立っている気がする。

「ひろむさん？」

動かないひろむを甲藤が訝しんでいる。ひろむはひとつ深呼吸した。この不安と恐怖を消すことなどできない。打ち消そうとすればするほど、より大きく強くなってひろむを苛むのだ。

「はい。行きましょう」

ならば、飼い慣らすしかない。不安と恐怖を抱えたまま、震えながら一歩を踏み出すのだ。顔を上げて日常を続けるのだ。

幸運なことに、横を歩いてくれる人はいる。

甲藤とともに、電車で事務所へと向かった。本当に遅刻しそうだったので走ったりもして、甲藤が「俺、遅刻しないように走ったのは初めてかも」とぼやいていた。遅刻が普通だったので、走るという発想がなかったそうだ。それを聞いて、久しぶりに声に出して笑った。

午前中は書類整理で過ぎていった。

仕事をしているあいだは、不安感が薄まった。依頼内容と依頼者について考えることにだけ集中する。仕事に逃げている、という言い方もできるだろうが、能率を下げるよりはましだろう。

甲藤は同じフロアの別室で、防犯カメラをモニターしてくれている。

事務所まで同行している件については、上司に「ストーカーらしき人につけまわされているので、知人に護衛してもらっている」と説明した。面倒事にはある程度慣れている人なので「訴えたくなったら、いつでも相談しろ」と言ってくれた。

「……面談時間が一番緊張すんだよなあ」

昼休み、大きな菓子パンをかじりながら甲藤がぼやいた。

午後一番の仕事は、クライアントとの面談なのだ。その間は面談室でクライアントとふたりきりになるので、不測の事態を心配してくれている。

「クライアントに、あいつの息がかかってないって保証はないしさあ」

「今日の依頼人とは、長いおつきあいですが……絶対にないとは言い切れませんね」

ひろむはコンビニのおにぎりを手に答えた。昼休憩は、ガードのいる部屋で過ごすことにしていた。空いていた事務所に、数台のモニターやパソコンを持ち込んだだけの急設え(しつら)の空間だ。

「だろ？　青目の命令で、あんたに一発食らわせて、気絶させて、担いで逃げる可能性だってあるからな」

「私を担いで逃げるのは無理だと思います。小柄な女性ですし……それに、面談中も甲藤さんは映像を見ててくれるんでしょう？」

「おう。一瞬も目ェ離さねえ」

甲藤が、しっかり頷いて答えてくれた。朝の会話のせいだろうか、今までよりだいぶ打ち解けた雰囲気になれたことは嬉しい。

今日で八日目だ。とりあえず、半分以上はすぎた。仮に二週間のゲームをクリアしたとしても、次の困難が待っているのかもしれない。それでも今は、このゲームに集中するしかないのだ。

約束の午後一時半きっかり、クライアントがやってきた。

「小鳩先生、よろしくお願いいたします」

礼儀正しく頭を下げたクライアントは、かつてひろむが離婚訴訟を担当した三田村という三十代の女性だ。

夫からの精神的なDVを受け続けていた彼女は、三年前、耐えきれずに相談にやってきた。約一年かけて離婚は成立したものの、彼女に生まれつきの心疾患があるため、ひとりでの子育ては無理だと判断されて親権は得られなかった。現在、親権を取り戻すために尽力している最中だ。

「はい、よろしくお願いします。あ、今日は顔色がずいぶんいいですね」

「はい、おかげさまで体調がだいぶいいんです。新しい薬が私の身体に合うみたいで、ドクターも、これならフルタイムで働いて問題ないと。食欲も回復して……さっき、近くのカフェで食べたランチも美味しかったです」

どこで召し上がったんですか、と尋ねるとほんの数軒先のカフェの名を口にした。ひろむも時々同僚と行くところで、雰囲気はレトロだが最近できた店だ。鉄板焼きのナポリタンスパゲティが美味しい。

面談室にお茶が届き、扉が閉められる。ひろむはちらりと防犯カメラを確認した。問題なく稼働しているようだ。

「それでは、先週、先方の弁護士と会った時のご報告からしますね。三田村さんがきちんと就職されたことは伝えました。先方は正社員ではないことを指摘していましたが、こちらの会社には非正規社員でも利用できる子育て支援制度が充実していますし、お子さんと暮らす条件は十分に整ったと思います」

二十分ほどかけて、現状の確認や、今後についての話し合いを進める。書類の確認や作成なども多かったため、ひろむはしばらく視線を落としており、

「あ、こちらの欄にも記入していただけますか？」

と顔を上げて三田村を見た時、その顔色の悪さに気がついた。

「三田村さん？」

「……すみません……なんだか急に…………」

事務所を訪れた時は赤みがあった頰が、今は蒼白（そうはく）だ。この一年、病気は薬でコントロールできているはずだし、ひろむの目の前でこんなふうになったこともない。

ひろむは驚いてすぐに立ち上がり、向かい合わせのソファに腰掛ける三田村に「横になってください」と手を貸した。

「失礼して、衿元のボタンを外しますね。なるべく楽な姿勢で……」

「……はい……すみませ……」

三田村はひろむの言葉に従い、そのままゆっくりと横になろうとしたのだが、体を斜めにした時、意識を失い、そのままソファにガクリと沈む。防犯カメラでその様子を見ていたのだろう、すぐに甲藤が駆け込んできた。

「三田村さん！」

「どうしたんすか」

「わかりません。急に倒れてしまって……持病のある方なので、発作かも。救急車を呼びます」

その場にあった自分の携帯電話で、救急車を手配する。ほかの職員たちも入ってきて、面談室は騒然となった。そんな中、甲藤が低い声で「俺から離れないでください」と言う。こういったアクシデントの中が、一番狙われやすいということか。

救急隊員が到着し、三田村が担架に乗せられる。

ひろむと甲藤も一緒に表に出た。すでに本人の意識がないので、ひろむが状況を説明する。救急隊員に同行していただけますかと問われ、承諾する。

ストレッチャーの後から救急車に乗り込むと、甲藤もついてきた。救急隊員がなにか言いかけたが、ひろむが先に「この方もいてくれたほうがいいんです」と答えた。たとえ緊急事態でも……いや、緊急事態だからこそ、甲藤がそばにいてくれなければ困るのだ。

救急車はサイレンを鳴らしながら走り出した。

運転席にひとり、後部にはふたりの隊員がいる。

「倒れる前、頭痛を訴えてはいませんでしたか？」

ひとりの救急隊員に聞かれ、ひろむは「いえ、そういう様子はありませんでした」と答えた。ストレッチャーに横たわる三田村はいまだ意識が戻っていない。もうひとり、若い救急隊員は注射器の準備をしているようだった。

「三田村さんは心臓に持病があるそうなのですが、私も詳しいことは……あ、そうだ、スマホにメディカル情報が入っているはずです」

思い出し、咄嗟に摑んできた彼女のバッグの中を探す。スマホはすぐに見つかった。緊急用の医療情報は認証がなくても見られるはず、と操作を始めた時——。

「……ッ！」

強い力で振り回され、次の瞬間には、強かに背中を打った。後部ドアにぶつかったのだ。

あまりに突然のことではっきりはわからないが、誰かに摑まれ、飛ばされたらしい。痛みに呻きながら瞬きすると、いつのまにか目の前に甲藤の背中があった。どうやら甲藤がひろむを摑み飛ばして……なにかから守ったらしい。

「おっ、おまえ、なにしてる!!」

ひろむ以上に慌てふためいているのは、さっきひろむに質問していた救急隊員だ。若手のほうは目を見開いたまま、甲藤と睨み合っている。ひろむの目の前にある甲藤の肩を見て、慄然とした。注射器が突き刺さっている。甲藤は、この注射器から自分を庇ったのだ。

「お、俺は……俺は……ッ」

ひろむを襲おうとした救急隊員は、正気を失った表情で震えている。

甲藤は肩から注射器を抜いて投げ飛ばしたかと思うと、ものすごい速さで突進する。あっという間に救急隊員を殴り倒した。たった一発だったが、救急隊員は文字通りふっ飛んで、運転席の近くまで転がっていった。

「おっと、きみは失敗しちゃったようだな」

聞こえてきた声に、全身の産毛が逆立つ。

今まで愕然としていたもうひとりの救急隊員が我に返り、「ど、どういうことだ！」と運転席に駆け寄った。

「なっ……あ、あんた誰だっ、うちの隊員をどこに……」

「騒ぐなよ。運転中だから危ないぞ？」

軽い調子の言葉の後、ひろむの身体が再び大きく投げ出される。突然の急カーブのせいだ。無防備だったため、どこかに頭を強くぶつけていてもおかしくはなかった。そうならなかったのは、甲藤が咄嗟にひろむを抱え、身を挺して守ってくれたからだ。運転席へ行った救急隊員は、窓に頭をまともに打ちつけ、そのまま倒れて動かなくなってしまう。しっかり固定されたストレッチャーの上で、三田村の身体も大きく揺さぶられていた。速度はさらに上がり、クラクションが複数鳴り響く。

「か、甲藤さん！」

「……っ……車がスピードを落としたら……後ろのドアから飛び降りろ……」

背中を強く打った甲藤が、苦しげに言った。

「怪我するだろうが、捕まるよりましだ……俺は……もうすぐ動けなくなる……」

言葉と同時に、ひろむを抱えていた腕が脱力する。注射器に入っていたのは、おそらく麻酔薬の類だろう。このまま三田村と甲藤、さらに失神している救急隊員らを置いて、自分だけ逃げる……ためらいはあったが、迷っている時間はなかった。ひろむが残ったところで、誰ひとり助けられるはずもない。

救急車はさらにスピードを上げ、荒々しい運転のまま何度かカーブした。

そのたび、必死にどこかに摑まっていなければならない。立つことすらできず、外に向かって助けを求めるのも不可能だった。三田村がストレッチャーから落ちないように、ひろむは彼女の身体に縋るようにしながら、機会を待つ。

甲藤はバックドア近くのバーを握り、なんとか自分の身体を保持しようとしていたが、力を入れていることが難しくなってきているようだった。

「……くっそ……」

唸るように言ったかと思うと、もう一方の手でポケットから折りたたみナイフを取り出し、その刃を自分の腿に突き立てる。ひろむは驚き、すぐその傍らへ行ってやりたくなったがどうすることもできない。

「まだだ……まだ……あんたを、逃がすまでは……」

絞り出すような声だった。痛みで意識を保とうとしているのだ。しかしその視線はもう定まっておらず、ひろむを通り越して虚空を見る。

甲藤の名を叫ぼうとした時、救急車が急停車した。

激しく揺れて、ひろむは自分の舌を嚙んでしまった。血の味が口いっぱいに広がるが、構っていられない。甲藤に駆け寄ると、「早く行け」と突き飛ばされる。もつれそうになる足を叱咤し、ひろむはバックドアのロックを解除した。そして扉を開けようとしたのだが、

「なんで……！」

開かない。

扉自体は開くのだが、すぐガツンとなにかにぶつかってしまい、逃げ出すスペースが確保できない。何度試してもだめだった。おそらく、すぐそこに壁がある。

「無駄だよ、弁護士さん」

淡々とした声がすぐそこに迫る。

振り向きたくない。その顔を見るのが怖かった。ひろむはもう一度、ドアをガツンと壁に当てる。恐怖の叫びの代わりのように。

ゆらり、と甲藤が立ち上がった。

「まだ立てるのか。まあ、普通の人間用の量じゃ、犬には効きが悪いだろうな」

「……参ったよ……お手上げだ」

甲藤の言葉に、救急隊員の制服を着た青目がにやりと笑う。

「なんだよ、この展開……聞いてねえ……俺が裏切ることなんか、お見通しだったたってわけか……？」

裏切る？　ドアの取っ手を握りしめたまま、ひろむは耳を疑った。

誰が、誰を……裏切る、って……？

いったいなんの話をしている？

「裏切るかどうか、決めかねてたんだろう？　馬鹿な犬が、グルグル同じところを回りながら迷ってた」

「ならこの仕掛けは……俺を試したってわけか……」

「ま、それも兼ねてたってとこだな。おまえは兄貴に飼い慣らされたふりをしていたが……結局、本当に飼い慣らされたってとこか？　まあ、いい。もともと馬鹿犬の忠誠心なんか信じちゃいない。ある程度役に立ってるあいだは生かしておいただけの話だ。今朝のメッセージもちゃんと報告したってことは、ギリギリまでどっちつかずの半端犬だな。弁護士さん、あれの意味がわかったか？」

「………メッセージ……」

まさかと思いながら、あの封筒を思い出す。

和紙の手触りと……微かな香の……。

「『左』だよ」

青目の薄笑いに、ひろむは言葉もない。

なぜ、知っている？　ひろむは誰にも話していない。読んだ直後、焼き捨てたのだ。手紙には封がしてあって……ああ、でも、一度開けて、また封をし直すことは不可能ではないのでは？

できるのだとしたら、誰が？　洗足伊織が手紙を託したのは……？

「わからなかったのか？　兄貴は時々、おかしなことをするからな……まあ、いい。どっちにしろあんたを手に入れた。裏切り犬をあぶり出すこともできたし」

裏切り犬。

甲藤が裏切った？　青目を？

つまり彼はもともと青目の手の者で……え、いつから？　いつから騙されていた？　洗足家の皆を騙して……けれど寝返った？　ならば今は味方と考えていい？

あまりの混乱に、脳の情報処理が追いつかない。

「犬ってのは反射的に動く。こいつはさっき、咄嗟に弁護士さんを守った。頭でどう考えていたかは知らないし、どうでもいい。だが反射神経は嘘をつけない。そうだろ、甲藤。おまえは俺を裏切ったんだよ、犬。……はは、兄貴はやっぱりおっかないな。スパイを潜り込ませても、腑抜けにされてこのざまだ」

「……腑抜け、か……まあ、そうだな……」

甲藤の上体が揺れる。薬はもう相当効いているのだ。

それでも背中でひろむを守ったまま、じりじりと立ち位置を変えている。ひろむは迷った。この男の背中にいていいのか？　甲藤は本当に寝返ったのか？　これすらも芝居である可能性は？

判断材料はなにもなく、混乱ばかりが加速する。

「あっちこっちでウソついて……誰にも信じてもらえなくなる……なんかそんな童話みてえなの、あったな……そうさ、俺は臆病（おくびょう）で腑抜けな野良犬だ……強いヤツの言うこと聞いて、ワンワン鳴いて……なんも自分じゃ決めらんねぇけど……」

少しずつ動いていた甲藤が止まった。その視線の先は、前方ドア――残された唯一の退路を見ている。

「けど、さっきのは反射じゃねえ」

甲藤が左手を後ろに回し、指を開く。

この手を握れ、とひろむに合図を送っている。

どうするべきか――熟考の余裕などない。ならば直感に従うべきか。理性とは正反対のそれに、普段のひろむが頼ることはまずない。論理的に説明できないものに頼るのは怖いからだ。きちんとした理由が欲しいからだ。

「反射で動いたわけじゃなくて……俺が決めたんだ。そうするって」

けれど、今は理由を求めまい。

甲藤を信じようという直感に、理由はいらない。彼は自分で決めた。その彼を、ひろむは信じる。

甲藤が動く。すごい速さで、ひろむを掴（つか）んだまま。

自分の身体ごと、青目に突っ込んで行ったのだ。

同時に、ぶおんっ、と放り投げる勢いでひろむをドアに向かって押し出す。ひろむはドアにぶつかり、肩を強（したた）かに打ち、それでも取っ手を必死に掴んだ。施錠されてはいない。押し開けて、勢いのまま、外に転がり出る。今度は頭をどこかに打った。痛い。痛がってる暇などない。

ぎゃッと短い悲鳴が聞こえた。甲藤だ。

硬いなにかが潰（つぶ）れるような音がなにを意味するのか、確かめてはいけない。振り返ってはいけない。甲藤のしてくれたことが無駄になる。

逃げなくては。

逃げるために、走らなくては。そのために、起き上がらなければ……頭がくらくらする。ぶつけどころがよくなかったのだ。ああ、血の味がする。額からなにか流れて、こめかみを伝った。それがなんなのか確認するより早く、ひろむは立った。なんとか立った。

そして愕然（がくぜん）とした。

外ではなかった。

巨大な倉庫ビルのような……高い窓から外の明かりが入っていたので、気づけなかった。救急車は、建物の中に入っていた。出口は見えない。

「やれやれ、悪い犬だ」

声が近づく。

ひろむはもう動けなかった。

自分の足元に、ドサリ、と甲藤が投げ出される。腕が二本ともおかしな方向に曲がり、顔の半分が血に染まっている。ピクリともしない。ひろむは固まっていた。恐怖を恐怖と認識する能力すら凍りつき、ただ呆然としていた。青目は悠々と車から降り、足先で甲藤を軽く蹴って避け、ひろむのすぐ前に立つ。

「弁護士さん、あんたも血だらけだぞ？」

青目が呆れたように言う。

自然にそちらを見てしまった。ほかの動作をしようがなかった。目が合うとにこりと微笑み、ひろむは思った。笑うと、洗足伊織にやっぱり似ている。

行こうか、と低く甘い声が言った。

＊＊＊

——ねえ、兄ちゃん。
——ん？
——聞いていい？　聞いたらきっと、答えてくれる？
——それは質問によるなあ。
——答えてくれないと、僕はきっと眠れない。
——いいよ。答えるよ。
——おっかさんと僕、どっちが好き？
——ええ？
——答えて。おっかさんと僕、どっちのほうが好き？
——カイだよ。
——……ほんと？
——ほんと。カィが一番だ。でもおっかさんには内緒にして。

——わかった。

——おっかさん、悲しんじゃうかもしれないからね。

——わかった。

コクコクと、弟は何度も頷いた。私は温かな気持ちになり、その場を離れた。あの子が落ち着いてきてよかった。子供の心はしなやかだ。あれほど過酷な育ち方をしていても、環境を変えれば少しずつ変わっていってくれる。だからきっと大丈夫、そう思った。

その夜遅く、台所に立っていた私の割烹着を誰かが引っ張った。

振り返るとあの子が立っていた。

私を見上げ、ニッと笑って言った。

——兄ちゃんは、僕が一番好きだって。おっかさんより好きだって。僕がいればもう、おっかさんなんかいらないって。

四

「主に逆らうのは遺憾ではありますが、絶対に行かせません」

決意の固まった声色で、家令は言った。

「止めても無駄だとわかっているのに、なぜ止めるのか理解できないね」

そして主のほうもまた、一歩も引かぬ決心ができていた。

外は晴れている。障子越しの光は柔らかく室内を照らす。けれどマメは凍りつくような緊張感の中にいた。いつもの茶の間、いつもの位置に座り……洗足と夷は完全に対立していた。

昨日の午後、とうとう恐れていた事態となったからだ。

甲藤の護衛のもと、小鳩ひろむはクライアントと面談をしていた。クライアントは以前から付き合いのある女性で、信頼のおける相手だったそうだ。心臓に持病のあるクライアントが面談中に倒れ、救急車が呼ばれた。ひろむと甲藤も救急車に同乗し病院に向かったわけだが——その車両はすでに青目に乗っ取られていた。

救急車の運転手に扮した青目は、ひろむを奪って逃走。二名の救急隊員のうち、ひとりは脅されて青目に協力、軽傷だが精神的に不安定な状態が続いていると聞く。もうひとりは車内で頭部を強く打ち、意識を喪失したものの自力で回復、通報したのはこの救急隊員である。彼がいなければ、発作を起こしたクライアントの命も危なかったかもしれない。その発作に関しても、なんらかの手段で青目が引き起こしたと考えられている。彼女の持病はある薬が発作のトリガーになるものであり、その薬が昼食に混入していた可能性が高い。ランチを提供した店のバイト店員一名が、連絡のないまま失踪中だ。

　甲藤もまた、病院にいる。

　甲藤はひろむを守ろうとし、彼女に投与されるはずだった麻酔薬を打たれた。強靭な《犬神》だからなのか、麻酔薬の効き目は遅かったらしい。ギリギリまで青目と戦ったのだろう、両腕の骨折、頭部、顔面の打撲や裂傷など、一番ひどい状態だった。洗足の命で、マメは病院に駆けつけたが、鎮痛剤で眠っていて話はできなかった。そのままついていてあげたかったが、今はひろむの件が優先だ。家に戻った時、洗足は離れの茶室に閉じ籠もり、夷は難しい表情で各所と連絡を取っていた。

　誰もが一睡もできぬままに一晩がすぎた。

　そして今朝の九時過ぎ、青目からの連絡が入った。

電話でもなくメールでもない。洗足が茶室から……妖琦庵から離れたほんの数分のあいだに、それは届いた。

竹の花入れに海棠(かいどう)の花と、一筆箋(いっぴつせん)。

いつ誰が来て、どうやっておいていったのかわからない。青目にとって方法はいくらでもあるということなのだろう。

場所と時間が指定してあった。

今日の午後二時。この近辺では最も大きい公園の中央広場――。

「昼日中に、わざわざ人の多い場所を指定しているんです。先生だってその意味をお分かりでしょう」

「察しはついてますよ」

「ならば青目の目的も分かっているはずです。……いえ、《鵺》の目的と言うべきでしょうか」

夷の強い口調に、洗足はもう返事をしなかった。伏し目がちなまま、ただじっと座っているだけだ。

「《鵺》の目的は、あなたと青目を争わせること……いいえ、はっきり申しあげましょう。兄弟で殺し合いをさせることです。誘拐を絡めたゲームに仕立て上げたのは、そうすればあなたが無視できないからだ」

殺し合いという物騒な言葉を聞いたというのに、マメの中に驚きは生まれなかった。自分もそう思っていたのに、気づかないふりをしていただけなのかもしれない。

「《鵺》は我が子たちの殺し合いが見たい。それがなぜなのかに私は興味はありませんし、考えたところで無意味でしょう。わかっているのは、それがあの男にとっては楽しい、ということだけです。あなたの弟もまた、父親の目的は承知のはずだ。なにもかも承知で、その計画を利用したんです。青目もまた、あなたと殺し合うことを望んでいた……いや」

夷は言葉を止め、ほんのつかのま迷うような素振りを見せたけれど、結局は続きを口にした。

「あなたに殺されたいと望んでいる」

マメは俯いた。これもまた、マメもわかっていたことだ。

「あなたに殺されれば、あなたの中で永遠の存在になれる。あなたを永遠に支配できる。なぜなら、弟を殺した自分自身を、あなたは一生許さないからです。あなたはもはや他者を見ようともせず、弟を殺したという自責だけを抱え、ひとりで生きていくのでしょう。誰が手を差し伸べても、もうその手を取ることはない。完全に孤独となったあなたを……とうとう青目は手に入れる。命と引き換えに」

恐らく、洗足は考えたことがあるはずだ——弟を殺すことを。

青目が殺人や傷害を繰り返すようになってから、幾度となく考えたかもしれない。

事実、青目が生きていなければ救えた命もあっただろう。

けれど、実行できなかった。

どんな極悪人だろうと、殺人鬼だろうと弟なのだから……いや、そういった血縁はさして関係ないのだろうか？　赤の他人であるマメを家族として扱ってくれる洗足伊織という人が、血縁だけにこだわるとは思えない。

むしろ——子供の頃に弟を守りきれなかったことを、洗足は後悔し続けているのではないだろうか。だからこそ、洗足は考えてしまうのではないか。もしずっと一緒にいてやれたら、弟はこんなふうにならなかったのではないかと。

もちろん、それは洗足のせいであるはずがない。青目は突然消えてしまったのだし、当時は洗足もまだ十五、六ほどの少年だったのだ。

ほんの十日ほど前、夷に聞いた話がある。

情報共有しないとね……と語られたのは、まだ子供だった青目が洗足家から突然いなくなった理由についてだった。洗足は、それを「自分たちを守るため」と考えていたそうである。

自分たちとはつまり、洗足伊織と、当時は存命だった母・タリである。誰から守るのかといえば、「奪われた息子を取り返しにくるであろう、青目の母親から」だ。

青目からしてみれば、母親は恐怖の対象と考えられる。その恐怖が洗足家を襲い、兄たちに害を為すことを避けるために、洗足家を離れたのではないか……そう推察していたようだが、

——どうやら違うとわかったんですよ。

夷は淡々と語った。意識的に冷静さを保っているのが感じ取れる口調だった。それほどに、この人もまた迷い、戸惑い、疲弊しているのだ。

青目の母親は閉鎖病棟に入院したのち、失踪し、生死不明とされていた。昨年の夏以降、夷は『結』を動かし、当時の状況を詳しく調べ直したそうだ。すると、青目の母は精神的な問題も抱えていたが、さらに進行した内臓疾患も複数あり、ひとりで長距離の移動ができるような状態ではなかったという記録が確認された。

——え、それじゃ……どれほど息子を取り返したくても、妖琦庵に来ることは無理だったということですか？

——そうです。彼女は息子の居所を知ることすら、できない状況だったはず。

——なら、なぜ青目はこの家から離れたんでしょう……？

自分の意思で？

あり得ない。兄である洗足にあれほど執着する青目だ。よほどの理由がない限り、妖琦庵を離れることは……。そこまで考えて、マメはふいに思い至った。

あの男が関わっていると考えるのが……ぞっとすることに、一番自然なのだ。

兄と弟に、ゲームという名の殺し合いをさせ、それを楽しむ者。

《鵺》、だ。

「先生が青目を殺す必要はありません」

夷のきっぱりとした声に、マメは回顧から立ち戻る。

「ご命令くだされば、私がやります」

ためらいなど一切なく言った。あなたのために人を殺すと。

「……あたしはそんな命令はしませんよ」

「そうでしょうね。では命がなくともいたします」

「夷さん、それは」

さすがに聞きかねて、マメは口を挟んだ。けれど夷も洗足も、マメのほうを見ることすらしない。あまりに張り詰めた空気は、呼吸すらしにくく感じさせる。

「するなと止められても、します。《管狐》の優先順位はご存知のはずです。主の命を守るためならば、主の命に背きます」

「……ひろむさんがどうなってもいいと？」

「可能な限り救出しますが、そもそもまだ生きているかどうかもわかりません。あの男がルールを守るとでも？」

「ひろむさんは生きているはずです」

「ならば私が救出し、そして青目を殺します」

「お前らしくないね。ずいぶんと焦っている」

「……先生、私もそろそろ怒りますよ？」

　夷の顔が歪み、笑った。笑っているのに泣き出しそうな表情に、マメの胸がきりきりと痛む。

「焦るに決まってるでしょう。私の主が……人を、弟を殺すかもしれない。そうしたくないのに、そうせざるを得ない状況に追い詰められているんです。正直なところ、今すぐあなたを捕まえて縛り上げ、どこかに閉じ込めておきたいほどです。それを耐えている自分に驚くほどだ」

「閉じ込められては困る」

「ならば、行けと仰ってください」

　ずっと伏し目がちだった洗足の瞼が、次の瞬間スッと上がった。長い睫に縁取られた美しい瞳から感情は読み取れない。

　深く黒い、ひとつだけの瞳が夷を見つめ、そして、

「芳彦。お前では青目に勝てない」

　優しいと言えるほどの口調で言った。

刹那、夷の全身に衝撃が走ったのが、マメにも感じ取れた。その感情の波動は怒りに近く、けれどより複雑なものだ。命を賭して守ろうとしている主から「お前では無理だ」と宣告されたのだ。ほとんど存在意義の否定に近い。しかも主の言は的外れなものではなく……いや、むしろ現実的な判断と言えるのかもしれない。マメも夷の強さをよく知っているけれど、青目より勝ると断言できないのだ。

夷が立ち上がった。目つきがいつもと違う。

マメがこれはまずい、と動き出すより早く、夷は斜向かいにいた主の腕を乱暴に掴み、強引に立ち上がらせた。洗足が「離しなさい」と抗うと、その両腕を無理やり後ろに回して抵抗を封じる。関節が捻れて痛むのだろう、洗足の顔がゆがむ。

「夷さん、だめです」

マメは止めようとしたけれど、夷の全身から立ちのぼるネガティブな気迫に圧されて、触れることすらできない。夷はそのまま洗足を引き摺るようにして、廊下へと出た。マメは動揺しながらもそのあとを追った。

「芳彦、痛い」

洗足の掠れ声は無視された。一番奥の洗足の部屋まで連れて行くと、畳の上に突き飛ばす。背後から見ていたマメは信じられなかった。夷が、洗足を突き飛ばすなど想像したことすらない。

　雨戸が閉まったままの部屋は暗い。廊下からの明かりだけが入る薄墨色の空間、畳の上に倒れた洗足が上半身だけを起こした。乱れた裾から見える臑だけが白く浮き上がるようだ。

　夷も部屋の中に入り、洗足を見下ろしていた。戸惑っているマメに「腰紐を」と冷たい声で言う。

「……え」

「引き出しから、腰紐を出すんだ」

「夷さん、まさか」

　本当に縛り上げて監禁する気なのか。

　マメが動けずにいると、眉を寄せて「できないなら、ここから出て行きなさい」と苦く告げた。ここから逃げるなどあり得ないし、だが洗足を拘束する協力などできるはずもなく、かといって夷に刃向かうのも……。

「マメ、芳彦の言うとおりに」

　洗足の言葉に耳を疑う。縛り上げられていいというのか？　いっそそのほうが、諦めがつくと？　けれどひろむはどうなる？　洗足が行かなかったら彼女は助からない。代わりに夷が行ったところで、青目が納得するはずがなく、約束が守られなかった以上、最初にひろむを手に掛けるかも……。

「マメ」

混乱の中で、再び洗足が言った。

もう、どうしたらいいのかわからない。

人は、とくにマメのような弱い者は、為す術がない時、耳にした言葉に縋ってしまうのかもしれない。泣きそうな気分で、マメは簞笥へと歩む。

おずおずと桐簞笥の取っ手に手を掛けた。精緻に作られた引き出しは、開けるときに微かな摩擦音を立てる。着付小物が入っているそこから、紺色の腰紐を取った。綺麗な五角形に畳まれていたそれを、ハラリと紐状に戻した時——、

「トウ、助けておくれ」

その声が、言葉が、トリガーだった。

手にした紐を握りしめる。腕に力が入る。血圧が上がり、神経が研ぎ澄まされ、瞬時に状況を把握する。洗足を助けなければ。拘束を阻止しなければ。

そのためには。

マメは——否、トウは夷を見据えた。

驚きを隠せず、目を見開いている夷を。

美しい日だ。

よく晴れて暖かい日曜日。青い空にすらりと棚引く雲が、優しい白を添えている。風は穏やかに花水木(はなみずき)を揺らし、たわわに咲いたライラックは芳香を放つ。春独特の不安定さはもはや消え、道行く人々は初夏という言葉を思い出しているだろう。

小さな子供が夢中になって走っている。

自分は風になったと錯覚しているかのように。

後ろから、若い父親が慌てて追いかけてきた。さらに後ろからは「早く捕まえてェ」という声。母親は左手で赤ん坊を抱き、右手でバギーを押している。はたから見れば微笑ましい光景だが、若い夫婦は真剣な表情だ。

親は無力な子供を守ろうとする。ほとんど本能的にそうする。

ただし、すべての親がそうだとは限らない。肉体的、あるいは精神的に、子供に害を為す親も存在する。

人はしばしば、それに気づかないふりをする。稀にそんな場面に遭遇すると、例外中の例外に出くわしたかのように驚き、歎き、あってはならないことだと怒る。確かにあってはならないが、それはすでにあるのだ。それが現実なのだと、認めなければならない。あってはならないからと、見ているだけでもつらいからと、目を閉じるよりすべきことはあるはずだ。

子供の頃に救えたならば――あの男もまた、なにか違っていたのだろうか。

伊織はゆっくり歩いている。約束の時間までいくらか余裕があった。

親子連れは伊織よりだいぶ先を歩いている。目的地は同じかもしれない。この先に大きな公園があるのだ。今日は家族連れで賑わっていることだろう。

光の中を伊織は歩いている。

眩しくて、隻眼をやや細めた。

纏っているのは、灰黄緑の単衣に、共生地の羽織だ。

この時季の着物は難しい。茶会ならばまだ袷だが、今日のように晴れていれば袷は重すぎる。ふだん、外出時に着るものはほとんど芳彦任せだし、そのほうが間違いないと伊織もわかっている。今日の帯も果たして着物に合っているのかどうか、いささか自信はない。ただ、最初に目に入った帯をしめてきただけだ。

長いあいだ、優秀な家令に頼ってきた。

頼っていたどころか、育ててもらったに等しい時期もあった。成人前に母を亡くして以来、身の回りのことのほとんどは芳彦がしてくれてきたのだ。確かに《管狐》は主に仕えることを強く求める特徴を備えているが、家事労働に秀でた特徴などない。細々したことまで任せてしまって、苦労をかけたことだろう。

その家令を、家族を、だまし討ちにして出てきた。

芳彦だけではなく、トウにも申し訳ないことをしてしまった。

あのタイミングでトウを呼び、助けを求めればどうなるかはわかっていた。トウは伊織の意図をすぐに酌み、芳彦を封じ込めてくれた。ただし、腕力では、トウは芳彦に敵わない。確かにマメに比べれば、トウは遥かにフィジカルな戦いの場数を踏んでいるし、度胸もある。だが相手が芳彦では、体格からして圧倒的に不利だ。

それでも、トウは芳彦を阻止した。

芳彦の不意をついたこと、さらにトウが相手では、芳彦がどうしても手加減してしまうこと……この二点を伊織は利用したのだ。

伊織に呼ばれたトウは、すばしこい小動物のように跳ねたかと思うと、手にしていた腰紐を芳彦の首に巻きつけた。抵抗されないように、芳彦の後ろに回りこむことも忘れなかった。芳彦は頸動脈を圧迫され……どれほど強靭な人間でも、血管は鍛えられないものだ……失神に陥った。

だが《管狐》ならば意識回復は早い。

そうさせないため、伊織はあらかじめ用意してあった薬剤を芳彦に静脈注射した。通常の人間ならば半日眠ってしまう。芳彦でも三時間は動けないだろう。

——そんなものまで用意してあったんだ。

呟(つぶや)くようなトウの声に怒りや苛立(いらだ)ちはなく、むしろ憐(あわ)れみの色が感じられた。

——まるであいつの手口だね。

そう言われ、返す言葉もなかった。伊織は注射器をしまいながら、すまなかったと謝罪を口にした。トウは「謝られても困る」と溜息(ためいき)をついてから、続けた。

——しょうがないよ。先生の気持ちもなんとなくわかる。俺に弟はいないけど、マメはいるからさ……。もし俺たちが別々の身体で生まれて、どっちかが青目みたいになったとしたら、それを無視して生きていくことはできない。

——優しいこと言ってくれる。

——俺ん中で、マメもそう言ってるよ。

トウはそう言って慰めてくれたが、本当かどうかはわからない。マメはトウより怒っているかもしれなかった。芳彦に対する仕打ちもだが、伊織がひとりで行こうとしていることに……ひどく怒ったのではないか。

マメ、トウ、芳彦。

伊織の家族だ。血の繋(つな)がり以上の絆(きずな)を持つ、家族だ。

その家族を伊織は今日裏切る。

この晴れた美しい日、五月の青空の下で、その選択をする。

ゆっくり歩き続け、指定された時間ちょうどに、公園の中央広場に着いた。

文字通り公園の中央に位置する広場はかなりの面積があり、人々はそれぞれ憩いの時を過ごしていた。広場は木々に囲まれて、木陰でピクニックシートを広げている人もいる。思ったより子供が少ないのはボール遊びなどが禁止されているせいだろう。子供用に別の区域があるので、そちらには大勢いるかもしれない。

鬼ごっこをしている子供たちはいた。

鬼ごっこ。

伊織もまた、ずっとそれをしてきたようなものなのだろうか。

ずいぶん奇妙な鬼ごっこだ。鬼は追いかけてくることもあり、逃げることもある。

伊織もまた時にあの男を追い、時に逃げた。……いや、この数年は逃げてばかりか。鬼ばかりか鵺(ぬえ)まで現れ、とうとう逃げ切れない時が来た。

今日で終わらせることができるだろうか。

そうしたい。そうであればいいと思う。

もうこれ以上の犠牲者を出してはならない。

日差しが強すぎるせいだろうか、木陰の遠い広場の中央に、あまり人はいなかった。伊織はそこをゆっくり歩く。うなじに陽光をちりりと感じる。草履の裏からは、芝の感触が伝わってきた。ずいぶん踏まれただろうに、それでも芝草は枯れていない。根が強いのだろう。強い部分は、たいてい見えないものだ。

広場のほぼ中央で伊織は立ち止まった。

来る。

近づいてくる。

明るい太陽の下、広々とした場所では見間違いようもない。青目はかなり背が高いが、今日は少し身を屈めている。なぜなら車椅子を押しているからだ。車椅子の人物は目深に帽子をかぶり、ぐったりとうつむいている。おそらく意識を失っているのだろう。顔は確認できないが、誰なのかは明白だった。

途中で車椅子が止まった。

どうやら車輪が小石を嚙んでしまったらしい。

近くにいた高齢の男性が青目になにか言い、身を屈めて小石を外してくれた。青目がゆっくり頭を下げると、親切な男性は「いやいや」という素振りを見せて、そのまま歩き去っていった。

和やかな、休日の公園の光景。

眩しいほどに真っ白なシャツを着たこの男が、何人も殺害していることなど、誰ひとり想像できまい。

伊織はその場に立って待っていた。

やがて車椅子と青目が、すぐそこまでの距離になる。

「兄貴」

青目は言った。いつになく明るい声だ。

「……彼女は？」

伊織は表情を変えないまま、まず小鳩ひろむの状態を尋ねた。

「よく眠っている。外傷は、救急車で多少ゴタついた時のものだけだ。一番可哀想なのが、舌を噛んじまったことだな。俺の運転がちょっと乱暴すぎた。血はもう止まってるが、服がずいぶん汚れてしまったから、着替えさせたよ」

ひろむが着ているのは白いワンピースだった。

控えめではあるが所々にレースがあしらわれていて、いささか少女趣味といえる。これを見た伊織が、なにを思い出すのか承知で着せているのだろう。

弟を初めて見た時も、こんなワンピースを着ていたのだ。あちこち破れ、ほつれ、傷んで……おそらく最初は白かったのだろう、というほどに色味も変わっていた。

そして、痩せ細った弟の身体中に巻きつけられた包帯もまた、白。

汚れた白だった。

「なぜ眠っている？」

過去に引き摺られそうになるのを踏みとどまり、伊織は聞いた。

「ご想像の通り、薬だ。ただし睡眠薬の類とはちょっと違う。眠っているというより、意識レベルがひどく低い、ってやつだな」

「……時間がないんだな？」

「そういうこと」

「ならばすぐ、ひろむさんを返してもらう。要求を言いなさい」

「わかってるくせに、わざわざ聞くのか？」

「ああ」

伊織はすんなりと頷いた。

そしてずっとひろむを見ていた視線をようやく上げて、弟をまっすぐ見据え「取引なのだから、おまえの口から聞かなければ」と続けた。まともに視線の合った瞬間、青目はほんの僅かに戸惑いの色を見せたものの、

「なるほど、これは誘拐ゲームだからな……やれやれ、頭のおかしな父親を持つと、お互い苦労する」

そう笑う。

伊織は応えず、ただ青目が要求を口にするのを待つ。

どこかで鳥の羽ばたく音が聞こえた。鳩だろうか。

人々の声も届く。伊織は周囲を見回した。ここにはあまりに人が多すぎる。

「……こっちを見ろよ。誰かを巻き込むつもりはない」

伊織がなにを気にしているのか、青目はわかっていた。

「そもそもお天道様の下でどうこうっていうのは、俺の趣味じゃない。あんたと会うなら、月も星もない夜がいい——嵐の夜に会った時のことは、よく思い出すよ。沖縄が好きになった。……まあ、今回はゲームオーナーが場所をここに決めたんだから、仕方ない。今もどこかで息子たちを見守ってるんだろうよ……ここなら、防犯カメラも結構あるし、ハッキングはお手の物だ。安全な場所から、ゲームの最終ステージを楽しんでる」

車椅子にストッパーをかけて安定させてから、青目はゆっくりと近づいてきた。

「俺は人に利用されるのは好きじゃない」

本当にゆっくりと、その一歩一歩……足の裏から届く感触のすべてをじっくり楽しむかのように進みながら、伊織に語りかけてくる。

「まして父親に利用されるなんてのは、勘弁だ。とはいえ、こちらに利があるなら考える。利どころか、俺の唯一の夢が叶うなら、自分の流儀なんぞいくらでも曲げる。

俺のそういう計算高いところを、あの男はよく分かってる。そもそもこの計算高さは、あの男からの遺伝だろうしな」

伊織は太陽の方角を確認する。眩(まぶ)しいのは困るからだ。

「あの男は俺をよく育てた」

眩しすぎると——失敗する。

「うまく育てたと言うべきか？　おかげさまでハイスキルな犯罪者になれた。だが兄貴、あの男はなかなか厳しい教育方針の持ち主でな。出来の悪い息子はいらなかったんだ。自分のやり方についてこれないなら、いつでも殺す気でいたと思う。俺はどれほどの怪我をしても、病院に連れて行かれたことは一度もない。十七かそこらの頃、ちょっとヘマをして出血多量で死にかけたが……あいつは俺を見下ろして、血が止まらないなあ、って笑ってたよ」

もう青目はすぐそこにいる。

手を伸ばせば、届く距離に。

「おかげでサバイバルスキルが身についたけどな。あの男は時々言ってたよ。あんたと俺、どっちが優秀だろうって」

また一歩。

青目のにおいが濃くなり、次の瞬間、風で拡散される。

「笑えるだろ。自分と同じ仕事を子供に継がせた父親がよく言うやつだが、まさかシリアルキラーの世界でも通用するとはな。ブラックジョークにしてもたちが悪いが、あいつは本気で考えてた。たぶん心の中でこう思ってたんだろう、もしかしたら兄貴のほうが才能があったんじゃないかって。人を操り欺き殺す才能だ。なにしろあんたは《サトリ》だし、すこぶる頭もいい。だからどうしても比べたくなって、こんなゲームを……くだらないゲームを考えついた。くだらないが利用させてもらったよ。目的のためなら、手段なんかなんでもいい。さあ、兄貴、これを」

黒い布に包まれた硬いものを渡される。

手のひらで感じた形状で、それがなんなのかすぐにわかった。けれど驚きはしない。伊織にとっても予想通りの展開だからだ。

「ちょっとでかいだろ。サプレッサーをつけたからしょうがないんだ」

父親の掌(てのひら)の上で踊らされている兄弟、というところか。

青目が申し訳なさそうな声を出した。

「平和な公園で、やかましい音を立てるのもな。あんたは腕力はさっぱりだからなるべく軽い仕様にしたし、至近距離だから外しようがない。脇を締めて、しっかり構えれば大丈夫だ」

いたって真面目な口調で説明するので、伊織は笑いそうになってしまった。

なんてくだらないゲーム。

なんてくだらない結末。

「これで俺を撃って、弁護士さんを連れて帰れ」

「…………」

「拒絶すれば、あの子は可哀想なことになる。使った薬は、あと二時間もすれば全身に回って死ぬぞ。一時間なら解毒可能だが、重い後遺症が残る。今まで通りの生活をさせたいなら……そうだな、個人差はあるだろうが、三十分以内に病院に運び込んだほうがいい」

きゃはは、と興奮した子供の声が近くを走り抜ける。

こらこら、そんなところにゴミを落としちゃだめだよ……そう注意しながら、大きなトタンのちりとりを手に、公園内の清掃員がよたよたと追いかける。若くはない清掃員は、とても子供に追いつきそうにない。

「最初からわかってたはずだ。彼女を誘拐された時点で負けだと」

清掃員の、灰色の制服の背中を見つめながら、伊織は「ああ」と答えた。

「わかっていたよ。最初から」

「やっとだ」

青目が溜息（ためいき）交じりに言った。

「やっと願いが叶う……大丈夫、兄貴は警察にも世間にも感謝されるさ。裁判沙汰になったとしても、刑務所行きはない」

「ご心配をどうも。……だが、これは本当におまえの勝ちと言えるのかい」

「あんたらしくないな。この土壇場でなにを言い出すんだ？」

「土壇場だからこそはっきりさせておきたくてね。あたしは負けたが、おまえも勝ったわけじゃない。それ以前に、あたしたちはこのゲームのプレイヤーですらなかったんだよ。単なるゲームの駒で、プレイヤーはあの男ひとり。ひとりしかいないから当然、奴が勝つし……ゲーム以前の、ひとり遊びだ」

　ひとり遊びに使われた、二体の人形。

　無体に振り回され、叩きつけられ、ボロボロになりながら、ましな一体だけが残される。ほとんど首がもげたような状態で。

「そう明確に言葉にされると口惜しさは感じるが、まあ仕方ない」

　青目の口調に憤りの色はなかった。

「あの男に……《鵺》に勝つのは厄介だ。俺の手口を奴は熟知してるからな。本気で勝とうと思ったら相当な準備が必要だし、そのわりに得るものはない。だが今回はどうだ？　確かに俺は負けたのかもしれない。でも得るものがある。それを得るためだったら……」

穏やかだった風が、気まぐれのように強くなる。

「俺は百回負けたっていいんだよ」

無造作なままだいぶ伸びていた青目の髪が風に乱され、前髪に隠れていた顔が露(あら)わになる。弟は笑っていた。少し照れくさそうな笑みだ。右目の横には傷跡……こんな明るい光の下で弟の顔を見るのは、どれぐらいぶりだろうか。

大人になったな、などと今更な思いが胸をよぎった。

小さくか弱い子供だったのだ。蠟(ろう)のように白い皮膚をして、腕も脚も、折れそうに細かったのだ。あまりに傷つきすぎていた弟は大人になり、あまりに他者を傷つけすぎた。殺しすぎた。そして伊織はそれを止められなかった。

過ぎたことを悔やんでも、なにも生まれない。

そんなことは誰でも知っている。でも誰もがそう思いながら、何度も何度も思い返してしまう。あの時、別の選択ができたならばと。

伊織もまた、思い返すのだろう。

今、これからしようとしている選択を。

「話は尽きないが、あんまりのんびりしてると毒が回るぞ」

車椅子に視線をやり、青目が言う。

そう、時間がない。

すべきことは決まっている。伊織の手の中で、黒い布が滑り落ちた。消音器をつけた拳銃が現れる。近くを通った人が怪訝な顔をしたが、小首をかしげてすぐに視線を逸らした。モデルガンかな、と思ったのだろう。

重い。

持ち方が、よくわからない。

青目が苦笑いで近寄ってきた。すぐ横に立ち、伊織の手を取り、「こう、だ」と教えてくれる。体格差があるので、遠目で見たら兄と弟は逆に見えるかもしれない。

「少し脚を開いて。反動がくるからな。安全装置を外すぞ。まだトリガーに指を掛けるなよ。あんたは隻眼だからな……狙いを定めるのが難しいだろう。こうして、密着させたほうがいい」

言いながら立ち位置を変え、伊織の真正面に来た。銃口を自分の左胸に当て、角度を微調整する。伊織はされるまま、ただ銃を保持していた。

「一発で決めてくれ。時間がかかると騒ぎが大きくなる」

「………」

返事ができない。声が出ない。

「聞いてるか、兄貴」

この選択でよかったのか。正しいのか。

まさか。正しい選択などない。あるのは、最悪を避けて残った選択肢だけだ。それだって恐らくは、最悪と大差はないのだろう。

「兄貴」

弟が呼んでいる。

自分の胸に、銃を突きつけている兄を呼んでいる。

伊織は白いシャツに食い込む消音器の先端を見つめている。

……そういえば、最初に呼ばれたのはいつだったろう。

覚えていない。母は弟に「おまえの兄さんだよ」と言っていたが、そこからずいぶん長いあいだ、弟はほとんど口をきかなかったのだ。けれどいつしか、ごく自然に、ずっと昔からそう呼んでいたかのように、兄ちゃん、と……。

伊織は青目を見た。

同時に青目の指が前髪のあいだに入り込んできて、グィとかきあげられる。その力で顎(あご)が上がる。伊織のほうが見るつもりだったのに、逆にしげしげと見つめられている。青目の左手が伊織の頬を包み、右手の中指が封じた目の傷痕(きずあと)を辿(たど)った。傷の隆起のひとつひとつを愛(いと)おしむように撫(な)でると、やがて右手は離れ、自分に食い込む銃身をしっかり握って、保持した。

「撃て」

弟が言った。囁くように。

伊織は思考を手放す。こうなると承知で来たのだ。もうなにかを考えたり思ったりする段ではない。母の面影が脳裏をよぎったが、それも無視した。

トリガーに指を掛ける。

……指の力は……どうやって、入れるんだったか…………？

その疑問を瞳に浮かべると、弟は困ったように笑った。

「撃ってくれ。兄……」

懐かしすぎて厭わしい呼び方を聞く前に、指に力を入れた。

＊＊＊

またあの男が来た。

今度は一年以上あいていた。ずいぶん背が伸びたねと、感心したように言った。この頃にはうっすらと気がついていた。たぶんこの男は、自分の父親だ。そうでなければ母のことをあれほど詳しく知っているはずがないし、一緒に写った写真を持っているはずもない。

――今日は残念な知らせがあるんだ。きみのお母さんが死んでしまった。

そう聞いても、感情の波は立たなかった。そうか、ならば今までは生きていたのか、と少し不思議な気がしただけだ。

――遠くにある心の病院に入ってたんだ。最後に会ってきたけど、ちゃんときみを覚えていたよ。きっと可愛い娘になってるわねって。

娘。

あの人の中で自分は、まだ娘のままだったようだ。

どうしてそう思い込むのか理由はわからないし、死んでしまったなら聞きようがないし、もうどうでもいい。

——約束を覚えてるかな。

男がボストンバッグの中から、なにかを取り出しながら言った。大人のこぶし大くらいの大きさで、ビニールで何重にも包まれている。

——お母さんとの約束だよ。覚えてる？

なんの話？

——その約束を守れば、お母さんはきみの中で生き続ける。

なんの……話？

男が包みを開ける。保冷剤がたくさんあって、中身そのものは小さかった。ラップみたいなもので包まれた、少し赤っぽい、生っぽい……もの。

男が中身を出し、小さなナイフでさらにカットする。

それをつまんで、微笑みながらこちらに差し出す。ぬらり、と光った。

——お母さんだよ。

男はそう言った。

五

隠仁(おに)の民。

本当はそう書くのだ。鬼ではなく、隠仁。

ずっと昔は山奥に集落を作り、自給自足の暮らしを営んでいた。麓(ふもと)の里とだけ最低限の行き来があり、岩魚(いわな)や山菜などを米と交換してもらう。とくに貴重なキノコや薬草は、里人に喜ばれた。隠仁の男たちは身体が大きく、力が強く、だが言葉を操るのが苦手で、よそ者とはほとんど喋(しゃべ)らなかった。女たちの体格は普通で、内気ではあったが、男よりは話すのがうまかった。字の読める者はいなかった。集団が小さいのでどうしても近親婚が多くなるのが集落の悩みであり、山に迷い込んだ男が現れると女たちはもてなし、一夜の夫とすることも多かった。そのまま隠仁に留(とど)まる者もあったようだ。

どれくらい昔から、隠仁の民がいたのかは誰も知らない。隠仁たちも気にしたことはない。ただ山菜を探し、木の実を砕き、小さな畑を起こし、時々鳥を射て生きた。

いつの頃か、山が切り開かれるようになった。

誰のものでもないと思っていた土地、木々、清流を、自分のものだと主張する者たちが現れた。隠仁たちは争いを好まない。力が強すぎる隠仁たちにとって、感情のまま争うのは生き死にに直結するため、そういう性質になったのかもしれない。

だからなるべく争わず、隠れて、逃げて、べつの住処(すみか)を求めた。けれど隠仁たちを追いかけるように、山はさらに切り開かれていく。いよいよ隠れ住む場所もなくなって、隠仁たちは困り果てた。

隠仁にとって、里で暮らすことは恐怖だ。

ずっと山奥で暮らしているから世間を知らず、時代錯誤な服を纏(まと)い、学もない。ノウゼイとか、キョウイクのギムとか、そういうことを言う者がヤクバから来るようになったそうだけれど、そもそも話の意味がなかなか理解できない。

ヤクバの者は、里に近い川べりに集落を作れと言った。

そう言われたからそうしたのに、里の者たちは隠仁を嫌った。隠仁の男たちが巨軀(きょく)なので恐れたのかもしれない。しばらくすると、見かけに反して気質は穏やかだと知り、力仕事に駆り出されるようになった。ずいぶん役立ったはずだが、ろくな賃金はもらえなかった。常識も学もない連中と蔑(さげす)まれ、見下された。この頃が一番、隠仁にとってつらい時代だったろう。

さらに時間が経った。

里の者と懇ろになる若者が出てきて、子が生まれた。隠仁の女たちは美しかったから、自然な流れだった。少しずつ血が混じって隠仁の血は薄まり、それはよいことに思えた。隠仁への差別意識が消えたわけではないが、ましにはなってきたからだ。そのうち、自分が隠仁の血を引くと知らない子供たちも増えた。隠仁という言葉すら、忘れ去られようとしていた。

……と、これらは、じじ様に聞いた話。

あたしが十二くらいの時だったと思う。その時はずいぶん驚いた。隠仁なんて初めて聞いたのもあったし、なによりじじ様は口が重たい人で、そんなにたくさん喋るのを聞いたことがなかったからだ。

――隠仁にはな、稀に青い目の者が生まれることがあったそうだ。ただそれも昔の話で、もうこの百年は聞いとらん。儂らの一族の苗字はその名残よ。時は流れ、時代はずいぶん変わった……儂もじき死ぬ。

あとから考えると、じじ様はその時で七十くらいだったはずだ。けれど見た目では百に近いように感じられた。深いシワに両眼が埋まって、目を開けているのか閉じているのか、あたしは覗き込んで確かめたものだ。五十を過ぎると老化が一気に進むのも、隠仁の男の特徴だったらしい。

——うちの一族は、隠仁の血が濃いらしい。

じじ様はしわがれた声でそう話した。そういえば死んだ父もとても背が高かったと聞いている。じじ様も今は背中が丸くて縮んで見えるが、決して小柄ではない。

——儂らの先祖は、風を読み、川を敬い、獣の皮を剝いで暮らしていた。感情の豊かな隠仁は、同胞を深く愛したものよ。身内が死ぬとな、その者を忘れないために、ほんのひとかけらの肉を口にしたとも伝わっとる。

え、とあたしは驚いた。それって、死んだ人を食べたってことなの……と、怖々じじ様に聞くと、大昔のことさ、と答えた。

——儂が子供の頃にさえ、言い伝えとして残っていただけだ。だが、忌み嫌ってはならん。そうやって、いなくなった家族を自分の一部にしようとしたのだろう……。

あたしはじじ様を食べないよ……そう言ったら、皺だらけの顔が笑みを浮かべた。

——もちろん食べんでいい。人に話す必要もない。怖がられるからな。だが、知っておくことは必要なのだよ。もう隠仁の血を引く者はほとんどなく、おまえは数少ないひとりなのだから……。

うん、とあたしは頷いた。

母もまた、早くに死んでしまった。じじ様は苦労を重ね、あたしを大事に育ててくれた。だからじじ様の言うことならば、あたしはなんでも素直に聞いた。

──先月、遠い別の土地に暮らす隠仁から便りをもらった。儂らは穏便に暮らしているのならば便りなど出さぬ。だから便りには必ずよくないことが書いてある。

どんなことが書いてあったの、とあたしは聞いた。

──隠仁を探している者がいるらしい。

じじ様は重苦しく言った。けれどあたしには、それがどうして悪い知らせなのかわからなかった。

──おまえがわからなくても無理はない。これもまた、ずいぶん昔の話だからな。だがそれは本当にあったそうだ……隠仁狩りは。

隠仁狩り？　隠仁を狩る？

急に背中がヒヤリとしてあたしはじじ様にくっついた。そして恐る恐る聞いた、隠仁狩りとはどんなものなのかを。

──色々な話がある。昔の隠仁の男は、儂やおまえの父よりも、もっと大きくもっと力が強かった。だから獣用の罠で乱暴に捕らえ、見せ物小屋に売ったり、無理やり労役に使ったり……鎖で繋いでな。ひどい時代があったと聞く。大人の隠仁を捕まえるのは手間がかかると、ひどい者は、子を宿した女を……。

じじ様はすべて語ることはなく、ひとでなしめ、と掠れ声を出した。あたしは怖くなって、じじ様にしがみついた。じじ様がもうすぐ死んでしまうことは間違いなく、そうなれば父も母もいないあたしは、誰にも守ってもらえないのだ。

――おお、可哀想に。怖がらせてしまったな。なに、まだ隠仁狩りと決まったわけではない。今の世は警察もあるのだから、そうひどいことはできやしないだろうよ。ただ、隠仁を探している者がいるのは、本当らしい。

探しているだけ？

いったい誰が？

――それがさっぱりわからんので困っている、という手紙だ。若い男のようだが、どこの誰なのか、なんの目的なのか……名目は民間伝承の研究とかで、大学と名前を言っていたが、後からその大学に問い合わせても、該当する者はおらぬと。直接その男に会ったのは数人で、だが聞いた名前も人相もみんなバラバラ……正体がわからなくて不気味なことだ。まるで《鵺》だなあ。

あたしの頭を撫で(な)ながらじじ様は言った。ぬえ、というのは妖怪(ようかい)の名だと聞いたことがある。なにをする妖怪なのかは知らないけれど。

――いいか、千景(ちかげ)。よくお聞き。儂が死んだ後、隠仁の話をしておまえに近づくものがいたら用心しなければならない。自分が隠仁の血を引くと喋ってはならないよ。父やじじの背がとても高かったことも、言わないように。

うん、言わない。あたしはそう誓った。

決して言わない。本当に心を許した人にしか、言わない。

――なに、女ならば見た目で隠仁の血とわかる者はない。おまえはきっと幸せになれる。優しい亭主を見つけて、よい子を産んでおくれ。女の子ならば美しく、男の子ならば強くなるだろう。そして子が大きくなったら伝えるのだ。隠仁の血を引いていることを……大きく、強く、優しく、争わずとも暮らす術（すべ）を持つ、隠仁の民たちがいたことを、伝えておくれ……。

じじ様はそれから二月後に死んでしまった。

あたしは十五歳まで里親に育てられたけれど、あまり居心地のいい場所ではなかったので中学を出てすぐ働くことにした。地方都市に出て、最初に雇ってくれた工場では、不器用ながら一生懸命やっていたのだが、人間関係のトラブルが何度か起きてしまった。少し仲良くなった同僚が「青目さんは情が深すぎて不幸になるタイプかもね」と笑ってた。どうやらあたしは惚れっぽく、しかも相手にすごく入れ込んでしまうようだ。いっぺんにつきあうわけではない。必ずひとりだけど、そのぶん深く関わっていたい。だってあたしに家族はいない。ひとりきりなんてさみしすぎる。誰かにそばにいてほしい。触れててほしい。ずっと一緒にいてくれるなら、あたしの人生をぜんぶあげたっていい……そんなふうに言うと「重すぎる」と疎まれた。呆れたように「きみの人生なんかいらない」と返された時は、とても傷ついた。

一瞬、隠仁だからうまくいかないのかな、とも考えた。でもそうじゃないはずだ。じじ様は言っていた。隠仁は優しく、争わないだけ……。

あたしは仕事を変えた。人とあまり喋(しゃべ)らなくてすむ工場のラインだ。

あの人とはそこで知りあった。

あの人は、人と上手に会話するのが苦手だと言っていた。時々人が怖くなったりもするんだ、と静かな声で話してくれた。まるで隠仁の男みたいだな、と思った。学歴が高いわけでもなく、平凡な容姿で、いつも俯(うつむ)きがちな人だった。

あの人の古い車で、夜明けの国道沿いを走った。

道の先から光がじわじわ滲(にじ)んでくるのはきれいだった。

夜明け頃に開いている店なんかなかったから、自動販売機の甘ったるいコーヒーを飲みながら、あたしたちはいろいろな話をした。毎日会いたがっても、電話をしたがっても、あの人は嫌がらなかった。僕も同じ気持ちだからと、恥ずかしそうに言ってくれた。

半年くらいつきあって、求婚された。

言葉にできないほど嬉しかった。あたしをあたしのまま、受け入れてくれる人がいる。まるで奇跡みたい。生まれてきてよかったと思った。きっとこの人に出会うために生まれてきたのだと思った。じじ様が生きてたら、どんなに喜んでくれただろう。

隠仁の話をいつしたのか……よく覚えていない。

たぶんその話をした時、あの人はさほど反応しなかったのだと思う。だからあたし自身も重大な話をしおとぎ話のようだね、と言われたかもしれない。だからあたし自身も重大な話をしてしまったのだという記憶は残らなかったのだ。

もし、あれを見なければ——あたしはあの人と結婚し、家庭を築いていただろう。

本当に偶然だった。あの人は抜かりのない人だったんだろうけど、偶然だけはどうしようもない。あの偶然があたしにとって幸運だったのか不運だったのかわからない。もしかしたら知らないままのほうが、幸せだったかもしれない。騙されたままでいたほうが……ああ、違う。そんなはずはない。そうじゃないと思いたい。

その頃、工場であたしをいつも見ている人がいた。

話しかけられることはなかったのだが、視線はよく感じていた。時々シフトが一緒になるおばさんから「あんた気をつけなさいよ。あの男、もうじきあんたと結婚するって言いふらしてたらしいよ」と言われた時は驚いた。結婚？　まともな挨拶もしたことがないのに？

ただ、工場の人たちは本気にしていなかった。その男性はいつもそんな調子で、ホラ話ばかりしていると知っていたからだ。可哀想な奴なんだよ、と憐れみの目で見る人もいた。

でもあたしは怖かった。

帰りに跡をつけられた事も、何回かあった。じじ様のしていた隠仁狩りの話を、急に思い出したりもした。

もちろんあの人に相談して、あの人も工場の班長に報告してくれた。けれど班長は「実際になにかされたわけじゃないからなあ」と相手にしてくれなかったそうだ。珍しく穏やかなあの人が怒っていた。実際になにかあってからじゃ遅いのに、と。その通りだとあたしも思った。

たぶんこの頃のあたしは、ふだんよりちょっと強気だった。

あの人がいてくれたからだ。幸福は人を強くして、前向きにする。けれど、それですべてがうまくいくわけではない。むしろ判断を間違えることもある。あたしがその時とった行動も、よくよく考えれば無謀なものだった。

あたしにつきまとうのはやめてほしいと、面と向かってはっきり言おう。

そんなふうに考えてしまったのだ。だって、あたしはあの人と結婚するのだから、つきまとわれるなんて困る。だからちゃんと言葉にしよう。そうすればきっと、相手の目も覚めるだろうと……しかもそれをひとりでやってのけることが、勇気であるかのように勘違いした。あの人に褒めてほしかったのもあった。きみはすごいな、と感心されたかったのだ。

ひとりで、その男性の住むアパートに向かった。昼間だったので、あまり恐怖は感じていなかった。

目的の古いアパートの前まで来ると、なぜかあの人の姿があった。

二階の一室から、ごく自然に出てきたのだ。

その時、どうして自分がとっさに隠れたのか……よくわからない。身体が勝手に動いたという感じで、見つかってはいけない、と思ったのはむしろその後だった。

なにか、おかしかった。

あの人は見慣れない恰好をしていた。上下ともグレーの作業着……電気や水道の工事の人のような制服だ。昼間にそんな仕事をしているなんて、聞いたことはない。

あの人は軽い足取りで外階段を下りてきた。

一階で別の住人に会い、会釈を交わした。慣れた様子だった。

あたしは息を殺して死角にいた。あの人の後ろ姿を見続けた。アパートのすぐ裏には小さな公園があり、そこの公衆トイレに入っていく。出てきた時には、もう作業着ではなかった。あたしも見たことのあるシャツとジーパンに着替えていて、公園のゴミ箱に大きめの黒いビニール袋を捨てた。

あの人の足元に、茶色いものが寄っていった。

野良猫だ。餌をねだろうというのだろうか。

あの人がニッコリ笑うのが見えた。あたしは馬鹿だけれど、視力はとてもいい。はっきりと、笑っていた。ボールを見つけ喜ぶ子供のような顔で、猫を蹴った。いや、蹴飛ばそうとしたが、野良の野性は一瞬早く察知したのだろう、猫は逃げた。

その時の、顔。

あの人の歪んだ舌打ち顔に……あたしは心底ゾッとした。

動物に優しくないとか、そういうことではなくて、あの表情がだめだった。あたしの中で眠っていた本能が突然覚醒し、拒絶した。人の感情がこれほど急に変わることに、自分で驚いた。心地よくぬるい南国の海から、氷水に叩きこまれたような気分だ。

あの人はそのまま帰っていき、あたしはアパートを訪ねることをやめた。

その日の夜は工場のシフトも入っていたが、体調がよくないと言って休んだ。言葉にしがたい悪い予感が身体の中で膨れ上がり、いたたまれない。あたしは荷物をまとめた。ボストンバッグに最低限のものだけ詰めて、夜が明けるのを待った。

早朝、ラジオのニュースで殺人事件を知った。

現場はあのアパートだった。

あたしはボストンバッグを抱えて駅に向かった。逃げる場所など思いつかなかったけれど、この街にいてはいけないことは確かだった。昨日まであんなに愛しかった人が、恐ろしくてたまらなくなった。

もしあの人が、険しい顔で、たった今人を殺しましたという形相で、あのアパートから出てきてくれたなら……まだよかった。いや、ぜんぜんよくはないけれど、ここまでの恐怖はなかったと思う。でもあの人は普通だった。いつも通りだった。野良猫を見つけた時の笑みは、あたしに向ける笑みとまったく同じだった。

あたしは逃げた。転々と。

逃げながら妊娠を知った。あの人の子だ。人殺しの子だ。でもあたしの子だ。苦しかったけれど、愛おしかった。絶対に産む。産んでこの子を守る。女の子ならいい。女の子なら大丈夫、あたしに似る。男の子はだめ、隠仁の血ならば身体は大きく、力が強い。そして心は、あの人に似てしまうかもしれない。

つわりは重く、手足は浮腫み、おなかの子はあたしを苦しめた。

助けてくれる人は誰もいない。でも大丈夫。あたしがこの子を守る。あの人から守る。可愛い子。女の子に決まっている。あたしによく似た、女の子。女の隠仁ならばいい。男はだめ。きっと人を殺すからだめ。

子が生まれた。

ええと……どっちだった？　そう、女の子。

女の子に決まってる。あたしによく似た、可愛い、愛しい、あたしの宝物。

産院でまた、あの人の気配を感じた。

あたしは娘を抱えて逃げた。必死だった。時々、頭がひどく痛くなって、よくわからなくなった。なんでこんなことになっているのだろう？　あたしは優しいあの人に会って、守られて、一緒になろうって……それはいつのことだった？　あたしはなんで逃げてるの？　じじ様はどこ？　赤ん坊が泣いてる。うるさい。黙れ。

あの人はどこかしら。

……違う。あの人はだめだ。あの人は人殺しなんだから。あの人って誰だっけ。いくつか顔が思い浮かぶけど、どの人だっけ。どの人でもひどい。みんなひどい。あたしを騙してた？　そうなの？　愛してなかった？　愛ってなに？

もうよくわからない。

山に逃げよう。娘を守らないと。ほかの誰にも会わず、隠仁のように暮らせばいい。あたしは隠仁なんだからそうすればいい。泣かないで、泣かないで。可愛い娘。あたしが守ってあげるから。大丈夫、おまえは人殺しになんかならない。男の子じゃないもの。優しい隠仁の娘だもの。

「ああぁ、やったか。とうとうやった。撃ったかぁ」

敵を殺しまくるゲームを、楽しむような声。

「やっぱりお兄ちゃんは強い。弟はだめだな、結局甘ったれなんだ。母親からの遺伝なんだろうか。これの母親も、やっぱり甘ったれだったから。その点、おまえの母親は……ええと、名前が今出てこないけど、あれは、しっかりしてた。うん、手強い女だった」

もう何度か聞いている、よく通る声だ。はっきり聞こえているのに、内容は右から左に虚しく抜けていく。伊織はただ、弟を見ていた。仰向けに倒れ、真っ白いシャツを血で濡らした姿を見ていた。自分の選択の結果を見ていた。

「幸せそうに死んでるじゃないか」

その言葉に、ようやくゆるりと視線を上げ、伊織は《鴉》を見る。

灰色のつなぎ、公園内清掃員の恰好をしている。右手には落ち葉ほうき、左手にはブリキ製の大きなちりとり——ほうきの先で、軽く弟を……この男からしたら息子をつつく。もちろんなんの反応もない。

「思ったよりあっけなかったな。見せ場なんだからもっと盛り上がってよかったのに。哀れな弟を殺す葛藤の表現だとか……まあ、でも映画じゃないからね。情感溢れるBGMを流すわけにもいかないし、こんなものか」

この男はなにを喋っているのだろうか。

恐らくこの男に見えている世界と、伊織に見えている世界は、決定的になにかが違っている。だから理解できる気がしない。

「おやおや、すごい勢いで人が遠巻きになっている。もう何人か通報してるだろうな。救急なり警察なりがすぐに来るだろうから、あんまり時間がない。弟を殺した感想はどうだい？」

休日の公園、明るい広場はパニックになっていた。伊織の立つ広場の中央からどんどん人が遠ざかり、泣き出す子供を抱えて走る親もいる。

「……近くにいたんですね」

いたよ、と笑顔の返事があった。

「安全な場所から遠隔操作が基本なんだけど、今日ばかりはプラチナチケットだ。いい席で観たい」

「お望み通りの結末で満足ですか」

「感想を聞いたのは僕のほうだぞ？　どうだい、弟を殺して」

「そこをどいてください」

質問を無視して、伊織は言った。《鵺》は車椅子の前に立っている。一刻も早くひろむを病院に連れて行かなければいけないのだ。

「慌てる気持ちはわかるが、少しだけ時間をくれないか。話しておきたいことがあるんだよ……おまえの哀れな弟はもう口が利けないから、僕から報告しておかないとね。僕はこの子を洗脳していた。洗脳しながら人の殺し方を教えてたんだ」

「ご報告いただかなくても知っていますよ」

「それは僕なりの夢だった。強い《鬼》を作りたかったんだ。この子の母親はそういう血筋だから、可能性は高いと思った。この体格は母方の血だろうな……僕は平凡な体型だからね。それから、こだわったのは食人、つまりカニバリズムだ。《鬼》が恐れられるためには、やっぱり人肉を食べないと。実際にそういう風習があったらしいと知った時は、どきどきしたよ」

「それは亡くなった身内を悼み、その一部を自分の中に取り込む、ある種の宗教的行為です。あなたが考えているような猟奇的なものとは違う」

「だとしても、今の社会では忌み嫌われることだろう？　ま、どっちにしても相当昔のことだ。それでも大事なのは伝承として伝わり、それを記憶していた者がいたという点だな。これの母親は聞いていたからね、その伝承を」

それを、利用したのか。

古い一族の、消滅しかけた言い伝え……それをこの男は蘇らせた。無理やりにねじ曲げて、いびつに再生した。

弟の母を使い、弟の中に。

《鵺》が笑いながら「そんな嫌悪の目で、父親を見るもんじゃない」と言った。

「言っておくが、僕はその点についてたいしたことはしていない。あの女の思い込みを、さらに膨らませたってだけのことだ。人を食え、なんて洗脳はしていないんだよ。洗脳というより呪いかな。呪いをかけたのは、この子の母親だよ。この子を育てながら、少しずつ壊れていったあの女だ」

約束してね。

私が死んだら、私を食べてね——。

「僕がどれほど優れていても、万事がうまくいくわけじゃあない。当然、僕にもいくつか失態はあってね。この子の母親に見られてしまったのもそのひとつだ。邪魔者をひとり始末しただけなんだけど……運が悪かったなあ。あの女、逃げてしまったんだ。ようやく見つけた隠仁の末裔だったのに。でも、その時にはもう妊娠していた。産むのを迷ったかかな？　情の深い女だったから、そうでもないかも。とにかくあの女は僕から逃げながらこの子を産んで、同時に精神を病んでいった。結局は子供と一緒に山に閉じこもったわけだ。息子はおまえの母親に助けられたが……」

《鵺》は小首を傾げ「母親はその後、殺されてる」と続けた。

「なにがあったか、説明した方がいいか？　賢いお兄ちゃんはすぐにわかるだろ？　僕が二人を見つけたのは、おまえの母親より少し先だった。うるさい民生委員を始末したりと、様子見をしている間に……息子がいなくなった。やられた、と思ったよ。すっかり壊れた母親のほうは、おまえの母親が病院を手配した。それを僕は黙って見ていた。時機が来るまでは、居場所さえ摑んでおけばいい」

いったいこの男は何人殺したのだろう。

愚問だ。本人も覚えていないに決まっている。

「そこからしばらくは、静観の時期だ。ここで我慢強く振る舞えるかが、とても大切になる。とはいえ、メンテナンスはしないとね。僕がおまえたちの家に何度か行ったことを、知らないだろう？　ふたりが留守にしている時を狙ったから仕方ない。おまえの弟に会って、父子の親睦を深めた。頃合いを見てあの女を殺したあとは、その一部を息子に持って行ってあげたとも。かわいそうなこの子は、母親と一体になるべきだったからね。母親もそれを望んでいたはずだと教えたら、ちゃんと食べたよ。泣きながら。僕は息子を慰めた。気にすることはない。鬼は人間を食べるものだよと」

右手がなんだか重い。

……なにを持っているんだったか？

「なぜ今更、そんな話をベラベラ喋るのかって思ってるかな？　時間もないっていうのに。でも僕に言わせればこっちがメインイベントだ。おまえが弟を撃つのは、いわば前座だよ。それでもちゃんとお兄ちゃんに殺してもらえて、この子はハッピーだったはずだ。おっと、サイレンが聞こえてきたなあ。どこまで話したっけ？　要するにこの子は、母親に呪いをかけられ、父親に洗脳されてできた、出来映えはいまひとつの《鬼》だった。兄のほうがよくできてる。あれだけ弟に愛されてたのに、弟を殺せるんだから、なかなかのものだ。《サトリ》のほうが《鬼》より残酷だということが証明されたね」

サイレンは近づいてくる。

パトカーと救急車、両方だ。道路から、公園内に入ったあたりだろうか。

「さていよいよクライマックスだ。最後に伝えておくべきは、兄に殺されたこの弟が、どうしてあの家を出ていったか、という問題だな。おまえの家で……人間らしい快適な環境で、半分とはいえ血の繋がった兄と幸せに暮らしていたはずなのに、なぜ突然姿を消したのか？　もちろん僕が連れて行ったからだ。とはいえ、無理やり攫ったわけじゃない。さっきも言ったように、すでに何度も会って、秘密を共有していた。あの子は僕が教えるより早く、自分が《鬼》だと知ってたよ。おまえの母親が、誰かに話しているのを聞いたのかな？」

そんなはずがない――とは言い切れなかった。

母は妖人（ようじん）たちの相談役だったが、稀（まれ）には母にも相談相手が必要だった。母以上の知識と経験を持つ数人の妖人……たとえば、雪深い地に住む高齢の《貘（バク）》とは懇意だったし、時々電話もしていた。その会話を弟が耳にした可能性は低くないのだ。

「自分が《鬼》なら、悪い人間になってしまうんじゃないか、母親のような化物になるんじゃないかって、ずいぶん悩んでいたからね。僕は父親らしく相談に乗ったものさ。怖がらなくていい、《鬼》は素晴らしいものだと。《鬼》は強く、残酷で、人を食らい、人を支配する。だいたい、悩んだところで意味がない。《鬼》に生まれたら、もうそうなるしかないんだ。自分の意志で変えられるものではないんだと、そう教え込んだ。あの子は素直だったから、洗脳がよく効いたよ。ところで伊織」

名前を呼ばれると吐き気がするほどに不快だった。不快すぎて言葉を発することすらできず、伊織は《鵺》を見る。

「自分が右手になにを持っているか、そろそろ思い出したらどうかな。まだ弾も残ってるんじゃないか？」

重たい右手を少しだけ上げてみた。

そうだ、銃を握ってるから重い……これはオートマチックだ。弾さえ入っていれば連射ができる。もう一度引き金を引くだけだ。

「話を戻そう。だから僕は言ってやった。このままこの家にいれば、いつか必ずおまえはあのふたりを殺す。兄とその母を、殺して食うだろう、とね——この子は信じたよ。だから残念ながら、今ここにある結果は、僕の功績というより母親の残した呪いのおかげだなあ。おまえも知っての通り、愛だの洗脳だの呪いだの、そのへんはみんな似たようなものだけど、一番効くのは愛による呪いらしい」

目の端に映る、ゆっくり動くものはなんだ？

手だ。自分の。

そして銃だ。さっきも撃った。

動く手をなぜか他人ごとのように感じる。弟を撃った時とは別の感覚だ。決意だとか覚悟だとか……そういったものではない。おそらくこれは強い怒りなのだと思うが、あまりに強すぎて判断が下せない。脳の奥がスパークしている。思考し、判断するための理性をもう見つけることができない。

心の奥底に潜んでいた、原始的な感情が唸るように囁いた。

殺してやりたいと。

「弟は、おまえたちを守るためにあの家を離れた。そして僕が殺人鬼に仕立てた」

これは人間ではない。妖人でもない。《鵺》だ。正体不明のものだ。

「その弟を、おまえは殺したね」

ああ……殺してやりたい。

「見事に殺した。さすがは僕の長男。でもまだ充分じゃない。おまえは優秀だから、もっとやれる。僕を超える息子になれる。……ほら、銃口はもっと上に。おまえは初心者だから、広いところを狙いたいのはわかる。でも頑張ってみよう？　この距離なら頭でもいけるだろ？」

そうか。

つまりそれが《鵺》の最終目的なのだと、伊織は気づく。

ふたりを殺すこと。この明るい公園で、遠巻きにした大勢の人々が見ている中で、血縁である弟と父を殺すこと。

伊織が、化物となること。

「やれるよ、伊織。大丈夫。さあ」

笑顔で励ましてくれている。

まるで、初めて自転車に乗った子供を後ろから支える父親のような熱心さで。

これは殺すべきだ。

殺さなければ。

伊織はすでに銃を構えていた。それでもまだトリガーに指をかけていないのは、胸の奥に小さく母の声が響いていたからだ。いけないよ、伊織、いけないよ……。

教えて下さい——伊織は自分の中にいる母に問いかけた。

どうして、この男が父親なんですか。

どうして、こんな男と関係を持ったんですか。

気の迷い？　騙された？　洗脳された？　あるいは本意ではなかった？　つらい事情があったからこそ……息子には話せなかった？

わかっている。過去を悔やんでも仕方ない。まして自分の過去ですらない。母は自分よりつらかったことだろう。それらすべてわかっても、やはり思ってしまう。なぜこれが、この最悪の塊が、父親なのかと。

「伊織」

呼ばれると怖気立つ。

わかっている。撃ったら負けだ。殺したら負けだ。

これはそういうゲームだったのだ。《鵺》は自分がこの世界から消滅する舞台を用意した。だからこそ、日曜の昼日中の公園だ。観客だらけの広場の真ん中なのだ。もう死ぬのだから安全圏にいる必要もなく、姿を堂々とさらしたのだ。

憐れな脇役は、ふたりの息子——ならばこいつを主役にしてなるものか。

殺してはならない、憎悪に負けてはならない。

芳彦の顔を思い出す。マメの笑顔を思い出す。それでも覆えない感情がある。

ああ、殺してしまいたい——なんて尖った崖の先端にいるのだろう。足の親指にめいっぱいの力を入れ、かろうじて立っている。身体はいくぶん前に傾いている。

落ちれば、楽なのか。

煮えたぎるような心は静まるのか。

「おっと、忘れてた。この女はもう用がないな」

《鵺》が立ち位置を変えた。いつ出したのか、その手にナイフがある。力なく項垂れているひろむの顔を、顎の下から掬うようにして上げさせた。

細い喉が晒される。

「じゃあな、可愛い弁護士さん」

見えない手が、伊織の背中を押したのだ。

だから伊織は崖から落ちた。トリガーに指を掛けた。

ほかにできることはなにもなかった。

「撃つな！」

誰かが叫んで——直後、銃声が青い空に拡散していく。

いち、に……三発。

……おかしい。

伊織の手にはなんの振動もない。だが《鵺》は倒れている。耳の奥にはまだ銃声の残響があって……音も違っていた。サプレッサーのついた銃の音ではなかった。

伊織は首を巡らせる。

両脚をしっかりと踏みしめ、銃を手に立っている男が見えた。

距離は十メートル以上あるだろう。《鵺》からならば死角になる位置だが、伊織には見えてるはずだったのに……こんなに拓けた場所で、自分の視野がいかに狭くなっていたか今更気づく。

「これは警察の仕事です。先生がする必要はないんです」

そう言いながら、男は——脇坂は銃をホルダーにしまった。

＊＊＊

——答えて。おっかさんと僕、どっちのほうが好き？

——カイだよ。

——……ほんと？

——ほんと。カイが一番だ。でもおっかさんには内緒にして。

——わかった。

——おっかさん、悲しんじゃうかもしれないからね。

——わかった。

コクコクと、弟は何度も頷（うなず）いた。私は温かな気持ちになり、その場を離れた。あの子が落ち着いてきてよかった。子供の心はしなやかだ。あれほど過酷な育ち方をしていても、環境を変えれば少しずつ変わっていってくれる。だからきっと大丈夫、そう思った。

その夜遅く、台所に立っていた私の割烹着（かっぽうぎ）を誰かが引っ張った。

振り返るとあの子が立っていた。

私を見上げ、ニッと笑って言った。

――兄ちゃんは、僕が一番好きだって。おっかさんより好きだって。僕がいればもう、おっかさんなんかいらないって。

私はちょっと驚いてあの子を見下ろし、それから堪（こら）えきれず小さく吹き出してしまった。

この子ときたら、自慢しにきたのだ。

自分が兄ちゃんに一番愛されていると、どうしても誰かに伝えたかったのだ。だとしたら、伝えられるのはこの私しかいない。

私は干していた手ぬぐいをパンパンと軽く叩（たた）いてから、その場に屈（かが）んであの子と目線を合わせ、そうかい、と応（こた）えた。

――兄ちゃんはおまえが一番好きなんだね。やれやれ、なら確かに私はもういらないのかもしれない。でもねえ、カイ。私はおまえと兄ちゃんがいるんだよ。一緒にいたいんだ。

――いるのは、兄ちゃんだけでしょ？

――いいや。

――僕もなの？

――そうだよ。

私が答えると、あの子は心から不思議そうな顔をして、なんで、と聞いた。私は笑って答えた。

なんでかはわからないけど、どうしてもそうなんだよ、と。

あの子はとても困ったような顔になり、たちまち耳まで真っ赤にして、その場から走って逃げてしまった。

小さな背中を微笑ましく見送りながら、私はふと思い出す。

このあいだ、知人の医師にあの子の健康状態を見てもらった。私の主治医でもある人で、口は堅い。その折に聞いた事実を、そろそろ伝えた方がいいかもしれない。

――とても珍しいケースなんです。治療というか……打つ手はなく……。

医師はそんなふうに言っていた。場合によっては命に関わることだから、伊織にも教えておくべきだろう。

あの子を大切に育てなければ。

伊織も甲斐児も、私の息子だ。……ああ、時間がもっとあればよかった。私が守れるのは、あと何年なのだろうか。

六

「いやあ、語り草だよ」

「…………」

「レジェンド、ってやつだな。シビレたねぇ」

「……ウロさん……やめてくださ……」

「救急隊員も感動してた。病院の看護師さんは怒ってたけどなァ。搬送先が、またしてもあの病院ってのもまた……偶然ってのはすごいね。看護師さん、『なんでこんなことになってるんですか、まだ無理しちゃダメってあれほど言ったでしょうッ』って怒鳴ってたっけ」

「はい、そうです、叱られました。僕がバカでした、だからほんとそれ、いろんな人に話すの勘弁してください……！」

脇坂はパイプ椅子に座ったまま、一度はがばりと頭を下げ、けれどすぐに顔を戻すと「でも！」と反論を試みる。

「でも、ですねッ、僕は一刻も早く、ひろむさんを救急車に運びたかったんですよ。車がそこまで来てるのはわかってましたけど、それでも一秒でも早くと！」

「わかってるって。おまえがしなきゃ、俺がしてた。あの人は小柄だから、俺でもなんとか運べただろ。けどまあ、おまえでよかった。ウン。かっこよかったぞ。ひろむさんを抱きかかえて、力一杯走ってたよな。おまえも頼りになる刑事になったもんだって、俺は感心しながらヨタヨタと追いかけたんだ。ホント、感心してた。おまえが、ひろむさんを救急隊員に預けた後、その場でガクガク崩れ出して『いいい、痛い、ウロさん、ろ、肋骨が痛いですぅ～』って喚き出すまではな………」

「あああぁ……言わないでくださいぃぃ」

脇坂が身悶えながら再三頼むと、最近ちょっと意地の悪い先輩刑事はようやく満足したのか「まあそんな顚末でな」と、ベッドのほうを向いた。

横たわっているのは、甲藤明四士だ。

顔の左半分で笑って「ダッセぇ」と言う。右半分はまだほとんどガーゼに覆われて、表情が見えない。

「ひろむさんを助けたはいいが、くっつきかけてた肋骨のヒビが、またイッちまったそうだ。無理しないで、誰かに手を貸してもらえばいいのになァ」

「うう……」

「けど、ひろむさん無事で、マジよかったっす。……いや、無事とは言えねえか。薬使われて、かなり怪我もしてたんじゃないすか？」

甲藤の心配げな声に、鱗田が「外傷はほとんど、誘拐された時のだな」と答える。

「青目が乗っ取った救急車で、ずいぶん振り回されたんだろ。舌を嚙んだ傷は縫ったそうだ。あとは打撲で、こっちはそう心配ない。もっとも、誘拐されたんだからメンタルケアは必要だ。警察がカウンセリングを紹介してるよ。使われてた薬は、強い睡眠薬だったらしい」

「え、じゃあ、早く解毒しないと死ぬっていうのは……」

甲藤が訝しむ。青目は洗足をそう脅していたと、いまさっき経緯を聞いたところだから、当然の疑問だ。

「噓だった、ってことになる」

鱗田の返答に、甲藤は「……殺す気はなかった……？」と独り言のように呟いた。

おそらくそうだろうと脇坂も考えている。ただし、それは青目の憐れみや情というわけではない。今回の事件でいえば、ひろむが死んでしまっては交渉の余地はなくなる。ならば時間の管理が難しい毒性の薬剤を使うよりも、睡眠薬のほうが扱いやすかった、というだけのことだろう。青目の目的は、洗足に……兄に撃たれて死ぬことだけであり、それ以外はどうでもよかったのだ。

「あのさ……いてて……」

上半身を起こそうとして、甲藤が呻いた。青目に折られた両腕は、ギプスでがっちり固定されている。脇坂はベッドの傾斜を変えるボタンを操作し、枕の位置を変えて、寄りかかれるように手を貸した。

「悪ィ……。あのさ、青目の死体が消えたってのは、ほんとか？」

そう聞く甲藤の目には、微かな不安と怯えがあった。これだけボロボロにされたのだから、無理もない。

脇坂が《鵺》を撃ってから、五日が経っていた。

あのあと、先ほど鱗田が話していたような経緯で脇坂はひろむを救急車まで運び、自分の肋骨をまた痛めた。洗足は駆けつけた警察官によって保護され、今にも倒れそうな顔色だったため、鱗田が病院に連れて行ったという。そこでひと通り事情を聞いたそうだ。病院にはマメと夷が迎えに来たが、夷がそれは恐ろしく不機嫌な顔で、とても話しかけられなかった、と聞いている。

《鵺》の遺体は警察が回収した。

そして、洗足に撃たれた青目の遺体は……。

いや、まだ正式に死亡を確認した者はいないのだから、遺体といえるのかも不明瞭だ。だが、洗足によって放たれた銃弾は、間違いなく心臓を貫いていた。

洗足の証言のみならず、公園に設置してある防犯カメラによって確認できている。映像検証専門チームのお墨付きだ。

だが、その身体は消えた。

あの日、ひろむとは別の救急車によって搬送されたのだが、その救急車ごと……。

「忽然と消えうせた」

脇坂は甲藤にそう答え、続けた。

「……ように見えるわけだけど、準備してたんだろう。自分が死んだあと、その死体を運ばせる準備だな」

「なんで運ばせなきゃならないんだ？　もう死んでるのに」

そこは脇坂もひっかかったのだが、理由はいくつか考えられる。

「警察に、自分の死体を扱われたくなかったか……でなきゃ、先生のためかも」

「先生の？」

「今回の場合、先生は被害者で、加害者で、遺族だ。遺体の確認をして、葬式を手配して……べつにやらなくてもいいんだけど、でも先生はそういうの……きっと、やるだろうし……」

青目の遺体を……重犯罪者であり、弟であるその遺体を、自分は関係ないから勝手に捨ててくれと、洗足伊織が言うはずがない。

「そういうことを、させたくなかったんじゃないか」

青目が唯一、慮(おもんぱか)る相手は兄だけなのだ。

「……ま、僕の勝手な推測だけどね。だいたい、そんな気遣いするなら、自分を殺せなんて言わなきゃいい」

口調が投げやりになってしまったのは、脇坂がすでにこの件を散々考え、眠らずに考え、いくら考えてもわからなかったからにほかならない。

「どっちにしても青目甲斐児は死んだ。《鵺》も死んだ」

鱗田が言う。

そう。そうなのだろう。そして、洗足だけが残ったのだ。

被害者が多く、複雑な事件だけに聴取は何度か受けるだろうが、青目を撃ったことについて、洗足は罪に問われないはずだ。青目を撃たなければ、ひろむが死ぬと脅されていた以上、選択の余地はなかった。警視庁内では、むしろ青目を殺した伊織を讃(たた)える声もあったが、それに関してはどうかと思っている脇坂だ。賞賛されたところで……洗足はちっとも嬉(うれ)しくないだろう。青目は確かに殺人犯であり社会的な害悪だが、それでもあの人の弟だった。

「先生はどうしてんのかな……」

甲藤が独り言のように呟き、ややあってから脇坂を見て聞いた。

「おまえ、最近妖琦庵に行ったか？」

その質問に、脇坂は視線を逸らしつつ「……行けるわけないだろ」と答えた。

「なんで。先生の父親を撃ったから？」

「それに関しては、間違ったことをしたとは思ってない」

「じゃあ、なんで」

「なんでって……僕はずっと先生を騙してたんだぞ？　意識不明のふりして。あんなに何度もお見舞いに来てくださったのに、話も全部聞こえてたのに……寝たふりし続けて……」

「あ、そういやそうだった。俺もおまえとウロさんに騙されたんだ」

鱗田は悪びれもせず「まあ、そういう作戦だったからな」と頷いて、手にしているアイスコーヒーをズズッと飲んだ。五月に入り、だいぶ気温が高くなってきた。もちろん病室は空調が効いているが、窓から入り込む日差しは強い。

「あと言っとくが、あの時俺が喋ったのは、ぜんぶ嘘ってわけじゃない。Y対が解体されたってのは本当だったし、当初、新しい組織に俺と脇坂が入っていなかったのもホント。ま、あえて外してもらったんだが」

「あえて？」

「《鵺》の目を、警察から逸らせたかったんだよ」

脇坂が答えた。

「警察……とくに僕やウロさんは、先生との距離が近い。それだけに《鵺》に利用される可能性は高かった。あいつは人を操るのに長けてるし、手段を選ばない。ならこっちも手段を選んでる場合じゃない。僕やウロさんは、《鵺》にとって、取るに足らない存在、無視していい対象になるべきだったんだ。だから僕は意識不明になって、ウロさんはY対から放り出されて、すっかりやる気を失ったオッサンに……あ、すみません、でもそういうコンセプトだったし……とにかく、僕らは無力化した。《鵺》にそう思わせる必要があった」

《鵺》は正体がわからず、さらに《鵺》の息がかかった者がどこに潜んでいるかもわからない。警察内部にいる可能性すら否定できなかった。

「結果として、先生だけじゃなく、みんなに嘘をつくことになった」

中途半端な嘘では、意味がなかったのだ。警視庁内部でも、事情を知る者はほんの僅かだった。玖島にすら事情は伏せられていたので、この数日、ずっと不機嫌だ。昨日も「ちょっと、そこの意識不明だった人、会議ですよ」などと呼ばれるほどだ。

「家族もなにも知らなかったから……僕が歩いて帰ったら、両親は倒れそうになってたし、姉たちは呆気にとられたあと、そりゃあもう、大騒ぎで……叩かれるし抓られるし、あげくに抱きついて泣かれるし……」

最終的には任務のためと理解してくれたが、みんながおいおいと泣くものだから、脇坂はとても困った。大袈裟ではなく、ごめんねを百回は言っただろう。

「俺はともかく、よく先生の前で寝たふりできたなおまえ……」

脇坂はふるふると首を横に振り「まさしく、ミッション・インポッシブルだよ……」と答えた。

「でも最初のうちは本当にボロボロだったし、強い痛み止めがかなり効いてたから、実際に朦朧としてたんだ。回復してきた後半が厳しかった……。先生が来たときは、変な言い方だけど、必死で寝たふりだ。担当の看護師さんは事情を知ってたから、協力してくれて、僕の瞼がピクピクしても『ああ、時々こうなるんですよね』とか話を合わせてくれて……。いや、ほんと、心苦しかったんだ。先生だけじゃなく、お見舞いに来てくれる人はみんな騙すことになったし……その……悪かったよ……」

謝罪を告げると、甲藤は平坦な調子で「べつに」と答えた。それからしばらく黙っていたが、やがて顔をやや俯けると、

「お前が騙してたことなんか、先生は怒っちゃいねえだろ」

と呟く。その後さらに小さな声で「俺のしたことに比べれば」と零したのが、脇坂には聞こえた。甲藤がなにを言いたいのかはすぐわかったし、それについては脇坂も色々問い質したいところもあるが、なにしろこの大怪我だ。しかも……。

——甲藤さんは、本気で私を守ろうとしてました。

まだしゃべると舌が痛むだろうに、ひろむはそう繰り返していたのだ。

——甲藤さんがなぜ、青目に情報を流していたのか……私にはわかりません。そしてそれを洗足先生が許すかどうかも、私の言及するところではありません。

でも、と彼女は続けた。私は心からお礼を言いたいです、と。

ひろむと話したのは一昨日(おととい)だ。意識を取り戻した彼女の容態が安定したと聞き、すぐに病院を訪れた。その時点でひろむはすでに、脇坂が意識不明を装っていた事情について知っていた。ひろむに付き添っていた捜査一課の岬(みさき)刑事から説明があったからである。平身低頭で詫(わ)びる脇坂に、ひろむは淡々とした調子で、

——事情は理解しています。気にしないでください。

そう言ってくれた。拍子抜けするとともに、理性的な対応につくづく感心し、脇坂は安堵(あんど)した。けれど翌日、岬刑事から、

——あれ？　私が話した時は、しばらく呆然(ぼうぜん)として、そのあとでボロボロ泣きだしちゃって、発熱までしちゃって、大変だったんだけどな。

と聞いて驚いた。べつに口止めされてはいなかったようだが、脇坂は聞かなかったことにしている。なぜかというと、その話を聞いた脇坂も、その時またボロボロ泣けてしまったからである。

「……ひろむさんから、おまえと青目のやりとりのことは聞いた」

脇坂が言うと、甲藤は黙ったまま頷く。

「もう少し身体が回復したら、事情聴取があるはずだ」

甲藤はさらに頷き「話すよ」と答えた。

「どうして俺が青目の犬だったのか……話す。悪ィ、水取って」

両手ともに不自由な甲藤に頼まれ、脇坂はストローつきのコップを差しだしてやった。この先しばらく、生活はかなり不便だろう。

「まあ、俺の話から新しいもんは見えてこねえと思うけど……弱いくせにいきがった犬が、自分より強くて賢いやつに使われてたってだけの話だからな……」

水を飲み終えてそう言った甲藤に、脇坂は「……最初から、なのか？」と聞いた。

そう、とすんなり返答がある。

「今野水希（いまのみずき）の、あの……人魚の事件の時からだよ」

ならば、二年以上前からということになる。脇坂は溜息（ためいき）を押し殺し、続けて、

「青目に言われて、水希さんに近づいたってことか？」

と聞いた。

「そういうこと」

「妖琦庵の情報を、逐一流してたんだな？」

　重ねた問いに、今度は「逐一、っていうか」と甲藤が考え込む。

「あいつがなにか聞いてきた時だけ、知ってることを話す……って感じだった。連絡は不定期で……青目がどこにいるかとかは、ぜんぜん知らなくて……」

　声はだんだん小さくなる。鱗田が透明なプラスチックのカップをぐるぐる回し、アイスコーヒーの氷を溶かしながら「……ってことは」と、なにかを思い出すように顎を上げた。

「あの情報提供は、おまえさんか？」

「……どの？」

　甲藤が聞く。脇坂も、鱗田がなんの話をしているのかわからない。

「えー……ありゃ、どれくらい前だ？　トウがまた現れた時だよ。青目が沢村穂花さんを誘拐して、マメをおびき寄せた。で、先生はその現場に向かったが、俺たちは場所を教えてもらえなかった」

「あ、あの時ですか」

　脇坂も思い出す。そう、洗足に「警察には手を引いてもらいます」と言われてショックだったのだ。けれど結果として、脇坂と鱗田は現場に向かうことができた。鱗田に情報が入り、青目の潜伏場所を特定できたのだ。

「……え？　その情報を、こいつが？」

思わず甲藤を指さしてしまい「おい、それ、行儀が悪いんじゃねーのかよ」と言われてしまう。以前、甲藤に指をさされてそう指摘したことがあるのだ。脇坂は甲藤を示した人差し指を、そのまま自分の頬にあてて誤魔化そうとしたが、「アホか」と罵(ののし)られてしまった。

「そ。俺が情報流した」

「……そうだったのか。僕はウロさんには秘密の情報提供者がいるのかと……」

「いるか。ドラマじゃあるまいし。で、甲藤。あの情報を流したのは、青目の命令じゃなくて、おまえさんの意思だったのかい？」

甲藤は「俺の意思だよ」と答える。

「バレたら超やべえとは思ったけど……なんか、こう……だってチビちゃん、俺のことすげえ信用してくれてて、頼ってくれてて。なのに、あれは……あんなのは……」

うまく言葉にならないことに苛(いら)ついたのか、甲藤は「ちくしょう」と小さく言うと口を噤(つぐ)んでしまう。

「でも、ウロさん……僕にはしっくり来ないんです。甲藤が嘘をついてるとかじゃなく……。甲藤は青目のスパイなのに、青目を裏切ってもいたわけでしょう？　あの青目が、それに気がつかないのは……」

「気づいてただろうよ」

当然、と言わんばかりに鱗田が返す。

「気づいて、ほっといたのさ。ジャマになった時点で殺せばいい、くらいに思ってたんじゃないか？」

甲藤は溜息をつきながら、頷いた。

「で、青目とはいつ、どうやって知り合ったんだい」

鱗田の質問に、甲藤は「五年くらい前かな」と素直に答えた。

「俺がちょっとアングラな仕事に手ェ出したら、やばい組織に目ェつけられてさ。半殺しにされてたとこを、助けてもらった。なんでその場にいたかは知らねえよ。けど、一部始終見てたんだと思う。俺も前半は頑張ってたからさ……使えそうってことで、拾われたって感じかな」

「おまえさんは《犬神》なわけだが、青目が主ってわけじゃなかったのか？」

「……あいつ、めちゃくちゃ強いからな。主になってくれって頼んだけど、断られた。おまえは人を見る目がない。主にすべき人間を見せてやろうって……」

「なるほど、それがうちの先生だったわけですね」

突然割り込んできた声にビクリと反応したのは甲藤だけではない。脇坂と鱗田もすぐに振り向き、病室の入り口に立つ人物を見た。

「え、夷さ……」

甲藤の声が途中で詰まる。

かなり驚いたようだったが、その点では脇坂も負けてはいなかった。洗足同様、この人も騙していた脇坂である。当然謝罪する気は満々なのだが、いまだ心の準備ができていないためなにも言葉が浮かばず、それでも身体だけは反射のように動き、パイプ椅子を倒しながら勢いよく直立不動した。

夷と目があった途端、九十度に腰を曲げる。ズキン、と肋骨が痛んだが、構っている場合ではない。横では鱗田が「ありゃあ」とぼやきながら、脇坂の倒したパイプ椅子を起こしている。

「そ、そ、その節は大変に、ももも申しわけな……」

身体を畳んだまま謝罪しようとした脇坂に、夷は「きみはあとにしてください」と素っ気なく言い、ベッド脇までやってきた。甲藤は唖然として固まったまま、夷を見上げている。

「甲藤くん。ウロさんの言うとおりです。きみはほっておかれた。もっと言えば青目はきみが我が家でどう振る舞うかも、予測していたはずです」

言葉もない甲藤の代わりに、鱗田が「どう振る舞うか？」と疑問を呈した。夷はまだ突っ立っている脇坂をチラリと見てから、今まで脇坂が座っていたパイプ椅子に腰を下ろして、

「つまり甲藤くんが先生と関わって、どう変化するか、です。《犬神》として、先生を主としたがること。私に対してライバル心を持つこと。脇坂さんに対しても同様。そしてマメのことは最初のうちは舐めてかかるだろうけれど、そのうちあの子の率直さや優しさに絆され、友情を育む可能性も……読んでいたかもしれない。トウの存在を知ってからは、より心理的距離が近づくだろう、という点も含めてね」

「要するに、スパイなのに懐柔されるだろうと、予測してたわけですな」

鱗田の言葉に夷は頷き、「甲藤くん、確認しておきたいんですがね」と続けた。

「は……はい……」

甲藤はおろおろと、それでもどうにか返事をした。彼もまた、脇坂同様心の準備ができていなかったのだろう。あるいは、二度と妖琦庵に赴かないまま、消えてしまうつもりだったのかもしれない。

「洗足家で、マメが青目に襲われたことがありましたね」

「…………」

「ええ、そう、高層マンションでの事件の時です」

夷の言葉に、脇坂も思い出す。互いの母親を殺害しようとした交換殺人事件……そうだ、あの時青目は、留守番をしていたマメを連れ去ろうとした。工事技師を装って訪ね、スタンガンで襲ったのだ。

確か、偶然のタイミングで洗足家を訪れていた甲藤が……マメを助けようとして、怪我を……。

偶然……ではなかったということか？

「身を挺してマメを助けてくれたきみは、それ以来、我々から一定の信頼を得るようになったわけですが……芝居だったんですかね？　より情報を引き出しやすくするために、青目が仕組んだという理解でよろしいでしょうか」

甲藤は「芝居なんかじゃ」と言いかけ、だがすぐに黙る。喉になにか閊えたような顔をしばし見せたあと、結局、

「そうっす……青目の……計画、だった」

ならば当時の甲藤は、マメを利用し、危険にさらしていたことになる。

夷は眉を軽く上げて「ふむ」と返し、いつも行儀のいいこの人にはめずらしく、脚を組んだ。そして隣の鱗田を見る。

「ウロさん、どう思います？」

「さてなあ……。俺ァ、すっかり騙されてたクチなんで、偉そうなことは言えんが……甲藤は、小ずるいところはあるが、あんまり器用じゃないし、さほどかしこくもないだろ。スパイには向いてないよなあ」

同感です、と夷が答え、鱗田はさらに続ける。

「けどたぶん、青目はそれを承知で、こいつを使ってた。スパイらしい切れ者を送りこんだところで、すぐあんたか先生にバレるに決まってる。そういう意味で、裏を掻くつもりだったのかもしれんな」

「その点も同感です」

「なら、マメを助けようとしたのは、本当なんじゃないかねぇ」

鱗田の言葉に、甲藤の眉がぴくりと動いた。

「今になって思うと、青目はあの時、本気でマメを攫うつもりじゃなかったのかもな。要するに、甲藤を信用させるための仕掛けだ。けど、それを甲藤にあらかじめ説明してもいなかった。……たぶん甲藤は、マメを連れ去ろうとする青目を止めたか、乱暴にしないでくれと頼んだか……とにかく、マメを庇った。で、青目にさんざんやられて、肋を折った。青目の画策なんざ知らない甲藤は本気でビビったから、先生やあんたにもバレなかった……こんな感じじゃないかい？」

「そんな感じだろうと、私も思っています」

つまり……甲藤はスパイではあったが、青目の行動を把握していたわけではなく、マメを本気で守ろうとしていて……そんなどっちつかずって、あるのか？

「ずっとどっちつかずだったんですよ、彼は」

夷が脇坂の心を読んだかのように言う。

「青目という圧倒的に暴力的な存在に憧(あこが)れ、畏怖(いふ)し、同時に洗足伊織という人間にも強く惹(ひ)かれた。うちの先生に認められて、妖琦庵に馴染(なじ)みたくなった……脇坂くん、きみが妖琦庵に馴染んだようにね。そのどっちつかずぶりもまた、青目の想定内だったでしょう。この《犬神》が……いつか裏切ることすら、想定内だったかも」

そう、甲藤は最終的に青目を裏切った。だが、それ以前はずっと洗足たちの信頼を裏切り続けて……いや、迷い続けていた？

青目を裏切れば、恐ろしい制裁は必至だったはずだ。

かといって、妖琦庵の人々が害されるのを見過ごすこともできなかった……？

「……許してもらおうとは、思ってな……」

甲藤が擦(かす)れた声を出した時、

「そんなことは！」

と夷が初めて大声を出した。鱗田も含め、三人ともがビリッと緊張してしまうほどの声量だ。

「そんなことは、まず謝ってから言うべきでしょうが！　……ったく、謝罪する前から許してもらう気はないだなんて、よく言えたものだ！」

「す……すんませ……」

「私に謝罪しても無駄です！　うちの先生に頭を下げてください！」

「いいですか、言っておきますがね、退院した途端に雲隠れなんて許しませんよ！　きみのにおいなんかもうとっくに覚えてるんです。《管狐》の嗅覚は《犬神》に劣りません。逃げられると思ったら大間違いだ！　身体が回復したら即刻、腹をくって妖琦庵に来るように！」

捲し立てる夷の勢いに飲まれ、甲藤は身を竦ませていたが、

「返事は！」

とさらに怒鳴られ、「は、はい」とカクカク頷いた。それを確認すると、夷はフンと鼻を鳴らして立ち上がり、鱗田にだけ軽く「では」と会釈して、さっさと病室を出て行ってしまう。

「来るように……って……」

もう誰もいないドアを見つめながら、甲藤が呟く。

「来るようにって……言ったよな……妖琦庵に…………」

「言った」

脇坂は苦々しく答える。

横で鱗田が「ありゃ逆らえんなァ」と笑っている。

妖琦庵に来いという命令は、妖琦庵に来てもよい、とほぼ同じ意味合いなのだろう。

迷いながらとはいえ、洗足らを騙し、情報を流し続けていた甲藤を……洗足はすでに赦していたのだ。夷を通して、洗足家の敷居を跨いでよいと言っている。

「……なにそれ。ずるいぞ、おまえ」

脇坂は口を尖らせて、甲藤を見下ろした。

甲藤はまだ呆けたような顔をしていたが、そのうちにじわじわと目が充血してきて、慌てて壁を向く。本当にずるい。なんでこいつが先に許可をもらってるんだ、と次第に腹が立ってくる。

夷を追いかけて、自分も妖琦庵を訪ねていいか聞こうかとも思ったが……「自分で考えたらどうです？」くらいは言われそうな気もする。ならば優しいマメに連絡してみようか？　いや、脇坂はマメもやはり騙していたのだ。洗足に止められているのか、あるいは自らの考えなのか、ＳＮＳでの連絡もない。

これはいったいどうしたものか……。

盛大に溜息をついて、脇坂は頭を抱えた。額に当たった指先がザラリとしたのは、火傷の痕だ。結構残ってしまった。一番上の姉が「形成の手術で、ある程度キレイになるよ」と言ってくれたが、前髪でほとんど隠れるし、見てくれはあまり気にしていない。

……洗足の、怪我の具合はどうなのだろう。

病室で聞いた、ちょっと足を引きずる音が忘れられない。

耳に傷も負っているはずだ。炎の中でも、流れる血を見た。身体だけではない。今回のことで精神的にどれほど傷つき、疲弊したのか……脇坂には想像もつかなかった。

あの人は弟と父を亡くした。

弟も父も犯罪者だった。

弟のほうは、あの人自身が死を与えた。

脇坂にとっても、人を撃ち、初めて死に至らしめた。犯罪者とはいえ人間を撃ち殺したのだ。それをまったく後悔していないと言えば嘘になる。自分が他者を殺したということを、脇坂は一生忘れられないし、悪夢に見るだろう。

それでも、仮に時間が巻き戻って同じ状況に立った時、脇坂はやはり《鵺》を撃つ。

必ず、そうする。

洗足には撃たせない。

脇坂が、ひろむを守る。

「やれやれ、暑いなァ今日は……ちっと換気しよう」

鱗田がぼやきながら、窓を開けた。

風が入る。

脇坂も外を見た。五月の晴天は胸がすくようだ。

病院の近くにある建物は公民館かなにかだろうか。都心ではちょっと珍しい、なかなか立派なこいのぼりが風に流れている。一番上のあのヒラヒラした五色の布は……なんというのだったか。

——なんであたしに聞くんですか。ググんなさいよ。

洗足の呆（あき）れる声が聞こえてきたような気がした。洗足家はいま忌中のはずだ。それが明けたら赴こうか。そうだ、それがいい。

四十九日が過ぎたら、必ず行こう。

忌が明けた翌日、洗足伊織は消えた。
家令あての書き置きは一行——戻るまで待つように、とだけあった。

終章

「本当にいいんですね？」

「いいんです」

「後悔しませんか？」

「絶対に後悔しないとは言えませんが、でもいいんです」

「あんなに色々考えてたのに……それこそ専門職になれるかっていうほど……脇坂さん、私に合わせる必要はないいんですよ？」

「いえ。いいんです。もう決めました」

　カフェのガラステーブルの上で拳を握りしめ、脇坂は決意を口にした。

　考えて考えて考えて……考えすぎて疲れ果て、資料の山に埋もれるようにしながらはたと気がついたのだ。

　本当に大切なものは、なんなのか。

　華々しい一日、それを否定する気はない。思い出として宝物にする人もいるだろう。

けれど脇坂の場合、思いが強すぎて完璧を求めてしまうのだ。人生に完璧などありえない。たった一日、たった数時間であろうと、すべてコントロールすることなど不可能なのだ。完璧という幻を求めるあまり、穏やかな日常を犠牲にするのは、本末転倒なのではないか。特別でもなんでもない、今日という日。それだってやはりかけがえのない一日なのだから……。

だから、諦めよう。潔く全てを白紙に戻そう。

「け……」

拳の中に食い込む爪を感じながら、脇坂は俯いて声を絞り出した。

「結婚式も披露宴もしません……ッ」

脇坂の向かいに座っているひろむは、季節限定のフラペチーノを、ストローでグルングルンとかき混ぜながら「ちょっと固いんですよねー、これ」と言った。脇坂は顔を上げ、

「あの、ひろむさん、聞いてましたか？」

と、やっと手のひらを解く。

「はい、聞いてましたよ。それでは結婚式も披露宴もなしの方向で」

「……そうですよね……ひろむさんは最初から、あんまり乗り気ではなかったし……

なのに僕ばかり突っ走ってしまって……あちこちの会場やホテルを引きずり回し、披露宴メニューの試食につきあわせ、僕が作成した結婚式&披露宴草案をバージョン12まで読ませ、お時間をとらせ……本当にすみません……」

「え、待って、謝らないでください。私はべつに大丈夫でしたよ？　会場巡りは知らない世界を体験できましたし、草案は読むだけでしたから……。式や披露宴に関しては、脇坂さんの主導で行こうと、ふたりで決めたことですし……」

そう、ふたりで決めた。

こういうことは、脇坂のほうが得意だからと決めた。そしていつでもクールで可愛いコツメカワウソ似のひろむと違って、脇坂はプロポーズを受けてもらった喜びのテンションのまま、走り出してしまった。一生思い出に残る素晴らしいセレモニーにしようと、過剰に張り切ってしまったわけである。

「まあ、草案バージョン10あたりで、招待客が二百人になって、その引き出物用のマカロンをふたりで四百個手作りするとあった時は……さすがに不安になりましたけど」

「あの頃が一番どうかしてました……」

「結婚式関係、全部やめるというのも極端なのでは？　小規模なパーティーを行う方法もあると思いますが」

「それは僕も考えたんですが……招待客を絞り込むのが難しいんですよね……。ほら、僕のカイシャは基本縦社会で、呼ばないと拗ねる偉い人とかいて……」

脇坂は自分のアイスラテを引き寄せ少し飲んでから、もうじき家族になってくれるひろむにそう説明した。

「なるほど。ならばなにもしないほうが、皆さん納得してくださると」

「はい。それもありますし……なんだかこう……あれやこれやと準備をしている時間がもったいなくなってきて……僕たちふたりとも仕事が忙しいでしょ。貴重な時間を、もっと有効に使うべきなんじゃないかって」

「有効に？」

「はい。一緒にご飯作ったり、映画を見に行ったり、サンドイッチ作って公園のベンチで食べたり、パンくず目当てで集まってきたハトを愛でたり」

「普通のデートですね」

「はい。そういうの、あんまりできてませんよね」

「確かに」

ひろむは深く頷いてくれて、脇坂も安堵する。

脇坂は華やかなものや美しいもの、かわいいものや美味しいものが好きだし、人をもてなしたいという気持ちも強いほうである。結婚披露宴という場は、そんな自分のパフォーマンスを最大限に活用できる気がしていた。

実際、もし脇坂が結婚式業界のイベンターだったら、その能力をいかんなく発揮しただろう。その場合、多忙になろうとそれは仕事であり、対価が支払われるので問題ないと思う。けれど、脇坂は今のところまだ刑事なのだ。そして妻となる人も、弁護士として日々忙しく働いている。結婚披露宴の準備で、デート時間どころか睡眠を削るべきではない。

それに——。

「一番ご招待したい方は……お戻りになってませんし」

ぽそっ、と小さな声で言った。ひろむも「そうですね」と小さな声で返してから、数秒間あけて、クスッと笑った。

「ひろむさん？」

「すみません。なんだか想像してしまって……先生が、主賓席のテーブルに座ってるところを。きっと、警視庁の偉い人と一緒ですよね？」

「そうです。もちろん主賓席です」

「先生、絶対不機嫌ですよね」

「もちろん、非常に不機嫌です。もともと宴会なんて場はお嫌いでしょうし、さらに警察の偉い人には、言いたい事が山とあるでしょうからね」

「それなのに、脇坂さんはスピーチとか頼んじゃうわけですよね」

「当然頼みます。僕は空気を読みません。先生のことですから、嫌だ嫌だと言いながらきっと引き受けてくださいます。で、ものすごくつまらなそうな顔で、僕たちに祝辞をくださるんですよ。……………見たかったですよね」

「ええ、見たかったたな」

ひろむは笑いながら答え、脇坂も微笑む。

こんなふうに洗足のことを話せるようになるまで、どれくらいかかっただろうか。

過ぎていく季節を見つめながら、あの人の不在に慣れるまで……丸二年は必要だった。洗足は春に消え、夏にも戻らず、そして秋になり、冬が来た。次の春には戻るのではと期待し、裏切られ、消息は摑めず、その年も過ぎていった。二度目の冬の初雪の日、脇坂は初めて「こんなのはひどすぎる」と喚いて、泣いて、ひろむに感情をぶつけた。ひろむに言ったところでしょうがないのに、でもそうした。ひろむは脇坂の感情を受け止め、一緒に泣いてくれた。醜態を見せたら心の一部分だけは軽くなって、次の春あたりから、やっと会話に洗足の名を出せるようになってきた。

季節はさらに巡る。

桜、海棠、水無月の菓子。

そうめん、お祭りの浴衣、下駄のからころ愛らしい音。

紅葉が舞い、小雪が舞い、妖琦庵のこたつにおでん鍋が載る。

もう三年が過ぎた。いまだに行方不明者届は出されていない。妖琦庵の家令は必要ないと言い切った。

――あの方が待つようにと書かれたのですから、待てばいいのです。

心配していないはずがない。本音としては警察や『結』を総動員して探したいだろう。けれど夷は自分の気持ちよりも、主の命に従うのだ。それが《管狐》としての習性なのか、あるいは夷と洗足の間にある絆がそうさせるのか……マメはずいぶん心配そうだったが、夷に倣って探すことは控えているようだ。

その点、脇坂はだめである。

どうしても我慢できず、最初の二年は自力で捜索し続けていた。鱗田はそんな脇坂に気がついていたはずだが、見て見ぬふりをしてくれた。もちろん非公式なので大掛かりな捜索とはいかず、結局なんの手掛かりも摑めなかった。

幻のように、消えた人。

夢にすら出てきてくれない。あの人の父親を撃つ悪夢は何度も見ているのに……その場面に洗足の姿はない。ひろむもいない。事件は明るい日曜の公園だったのに、夢の中ではいつも真っ暗だ。真っ暗なのに《鵺》の死体ははっきり見えて……脇坂は思う。どうしてこの人を殺したんだろうと。

わかっている。ただの夢だ。

過去に起きた出来事と印象を、脳がランダムに並べ替えているだけで、夢そのものに意味はない。夢占いや夢診断は、気軽な話のネタとしては面白いけれど、真に受けるのは危険だ。カウンセラーもそう言っていたし、脇坂も理解している。

それでも心にしこりは残る。撃ったのは犯罪者だ。そして大切な人の父親でもあった。

「あ、そろそろ出たほうが」

ひろむが腕時計を見て言った。

今日はこれから妖琦庵に赴き、結婚が決まった旨を報告するのだ。洗足が不在中も、脇坂は定期的に顔を出していた。しばしばひろむを伴っていて、夷とマメはいつも快く出迎えてくれた。

妖琦庵を訪れていたのは、脇坂たちだけではない。甲藤もちゃっかり上がり込んでおり、脇坂も何度か出くわした。おそらく、頻度としては脇坂よりずっと多く訪れているのではないか。

あの事件で大きな怪我を負った甲藤は、退院直後、洗足に会っている。青目のスパイだったことを認め、謝罪しに行ったのだ。

――いや、もう、あれだ……針のむしろっていう言葉があるだろ……？

やっと両腕のギプスが取れた頃、甲藤は当時のことを脇坂に話した。

――マジそんな感じつーか……ほら、夷さんが花を生ける時に使ってるトゲトゲしたやつあるじゃん。……そう、それ、ケンザン？　むしろアレだな。あれが身体のあちこちに、ザクザク突き刺さってる感じだな……。

その時のいたたまれなさと緊張感を、甲藤はそんなふうに表現した。

――俺はもう、畳に穴が開きそうな勢いで土下座したわけだけどよ……いや、まあ、まだ両腕ギプスだったから、そこまでじゃなかったかな……けどとにかく、俺的には力の限り謝ったんだよ。謝って許されなくてもしょうがないと思ってたし、場合によっちゃ、夷さんに両脚まで折られるのかななんて予想もあったけど……。

夷がそのような暴力的行為に出るはずもなく、だがある意味それより恐ろしい、洗足の沈黙という試練が待っていたわけだ。

座布団の上に座り、腕を組み、じっと目を伏せているだけ――出ていけとも言われないので、甲藤はただ待つしかできない。あとから時間を確認したところ、そう長時間ではなかったらしい。あの人が、怪我人を長く正座させるはずがないのだ。けれどその時の甲藤には永遠にも感じられ、さらに緊張のせいか尿意を催してきて、だが状況的にどう考えても「ちょっとトイレ」とは言えないわけで、もしや自分はこのまま最悪の事態に陥ってしまうのだろうか……などと絶望しかけた頃、洗足はようやく顔をあげて甲藤を見たそうだ。

そして、素っ気ない声でこう言った。

まあ、知ってましたけどね、と。

——知ってたって、どういうことだよ。頭が混乱しちゃって、でも膀胱もパンパンで、もうわけがわからなくなって、いろんなセリフが頭ン中で競争を始めてさ、とりあえず最初にゴールテープ切ったのが、

「先生、トイレ行っていいですか」……だったそうだ。

小学一年生の授業中かよ、とツッコミたくなった脇坂だが、もし自分が同じ立場だったらやはり同様の展開になったかもしれない。洗足家の客間の、あの畳を汚してしまったらと考えるとゾッとする。甲藤は許可を得たが、苦手な正座で足が痺れ、腕も使えないのでうまく立てない。ジタバタもがいていると、マメがやってきて手を貸してくれたそうだ。マジで天使だぜ、としみじみと甲藤は語っていた。

トイレから戻ったあと、洗足がどの時点で甲藤のスパイ行為に気がついていたのか、あらためて聞いたと言う。だがそれは教えてくれなかったそうだ。ただ、

——間諜に気づいた時は、そのままにしておくのがセオリーですよ。流出しても問題のない情報だけ握らせ、ここぞという時には偽の情報を握らせる。きみをそうやって使うつもりでしたが……あまりうまくはいかなかった。マメは本当にきみに心を許していましたし……。

甲藤の正体を把握していたのは洗足と夷だけで、マメは知らされていなかった。

——きみ自身もずいぶん不安定に揺れていた。そんなスパイでは使いにくくてね。

青目の手の者として動きながらも、妖琦庵の人々に認められたい……どう考えても両立しない状況の中にいたこともまた、洗足は見抜いていたのだ。

——きみは確かにスパイだったんでしょうが、あたしもそれを利用した。ならば貸し借りなしでいいでしょう。あたしに許しを請う必要はありません。

その言葉に安堵(あんど)した直後、

——だからといって、今まで通りというわけにはいきません。

そう聞いて甲藤はひどく落胆したそうだ。もう今後、妖琦庵に出入りすることはかなわないだろうと考えたわけだが、洗足は出入り禁止を言い渡しはしなかった。

——きみに必要なのはマメの許しです。トウは薄々気づいていたようだが、マメはきみを全面的に信じていた。マメの許しが得られれば、あとは好きにしなさい。

かくして、甲藤は今度はマメに土下座の勢いで謝罪した。優しいマメはもちろん甲藤を赦(ゆる)したが……。

「条件があったんですよ。マメくんは条件とは言わなかっただろうな。お願い、かな」

「ああ、なるほど……だから甲藤さんは、通信制高校の勉強を」

「そうそう」

洗足家に向かう道すがら、脇坂はひろむに語る。

マメは高校にいっていない。勉強が嫌いだったというより、当時はまだトゥの存在が安定していなかったので通学は難しかったらしい。そして甲藤は高校を一年経たずに中退している。マメは本格的に料理の勉強をしたいという希望があり、専門学校に入るために高校卒業の資格が必要だった。通信制で勉強を始めるにあたり、励ましあえる仲間になってほしいと、甲藤に頼んだわけだ。

「あいつは、今更勉強なんてと思ったらしいけど、断れないですよねー」

「そうですね、ふふ。一年くらい前かな、甲藤さんが私に勉強のコツを聞いてきたことがあって……それ以来、時々アドバイスしてました」

「えっ、それ、聞いてないな……」

「内緒にしてほしいとお願いされてて。でも私は、脇坂さんに隠し事をするのは気が進まなかったので、期間限定の守秘義務を提案しました。半年だったので、もう言ってもいいんです」

少しいたずらっぽい笑顔の可愛らしさに、脇坂の焼きもちは吹き飛んで、頬が緩んでしまう。ひろむのことだから、きっと能率的な勉強方法を甲藤に伝授したことだろう。それを甲藤がきちんとやれているかは別の話だが。

あまりデレデレした顔のままでは、夷やマメに呆(あき)れられてしまう。

脇坂は自分の頬を軽く叩き、気を引き締めた。

「夕方、通り雨になるようですよ」

ひろむが言った。彼女が持っているのは雨天でも使える日傘だそうだ。

七月の初め、薄曇りだが気温は高く、脇坂はジャケットを手に持っていた。妖琦庵の前で袖を通すことにしよう。このスーツは新調したもので、ネクタイも新しい。ひろむは爽やかなブルーのワンピースだ。綿麻だろうか、生地に張り感があって、スカート部分の広がりがとても綺麗だった。

「脇坂さん、ひろむさん、いらっしゃい」

洗足家では、マメが温かく出迎えてくれた。相変わらず十代にしか見えないが、表情や物腰はここしばらくでいっそう大人っぽくなった。洗足がいない中、夷とふたりで妖琦庵を守るという自覚が、そうさせたのかもしれない。妖琦庵は今でも、トラブルに悩む妖人の駆け込み寺としてきちんと機能している。

今日は客間に通される。ひんやりと冷房が効いていてありがたい。

マメが座布団を勧めてくれて、ひろむがそこに座ると、襖の隙間からするりと入ってきたにゃあさんが、膝の上に乗ってしまう。

「おやおや。ひろむさん、重いし暑いでしょう。どかしていいんですよ」

お茶を持ってきてくれた夷が言ったが、ひろむは「大丈夫です」と嬉しそうだ。

すっかり慣れた手つきでにゃあさんを撫(な)で始める。どうやら、かなりのテクニシャンらしい。ゴロゴロと盛大に喉(のど)を鳴らす音が脇坂にまで聞こえてきた。

「綺麗なワンピースに毛がついてしまいますね。後でコロコロをお貸しします。さあ、粗茶ですがどうぞ。そしておもたせで恐縮ですが、みんなでゼリーを……いや、これは錦玉羹(きんぎょくかん)かな？　こちらを頂きましょう」

「うわ、これすっごく可愛いですね、脇坂さん。透き通った錦玉羹の中で、金魚が泳いでます！」

「マメくんならそう言ってくれると思ってました。季節感がいいですよねえ。見つけてくれたのはひろむさんなんですよ」

「ひろむさん、ありがとうございます。なんだか食べるのがもったいないくらいだなあ……僕もこういうの、作れたらいいんですけど」

「私はマメくんの水羊羹(みずようかん)も大好きです」

ひろむが言うと、マメは嬉しそうに「今年も作りますよ。再来週あたり、また遊びに来てくだされば……」と言いかけ、だが、それからちょっと考え、

「あ、でもおふたりはすごく忙しくなっちゃいますよね」

と続ける。ひろむが「え？」と首を傾げてマメを見る。

「ご結婚の準備に入られるのでしょう？」

さらりと言ったのは夷で、マメはニコニコと頷いている。

「えっ、なんでわかったんです？」

驚いた脇坂が聞くと、当然という顔つきで「脇坂さんが、この暑いのにかっちりスーツで、しかも皺ひとつないおろしたてですからね」と答えた。

「ネクタイも新品だし。ひろむさんの可愛らしいワンピースも新しいのかな。とてもお似合いです。ふたりでおめかしして現れ、しかも脇坂さんの頰のあたりが普段よりだいぶユルユルですから、きっとそういうご報告なのだろうと」

言い当てられすぎてポカンとしている脇坂をよそに、ひろむが「ご明察です」と静かに頭を下げた。

「これから新居を探し、年内には引っ越して、そのタイミングでふたりの籍を作る予定でいます。ただ、結婚式や披露宴はいたしませんので、その準備で忙しくなることはありません」

ひろむの説明に、脇坂はまだ少し口を開けたままコクコクと頷くだけだ。

「ひろむさん、籍を作るっていうのは、えーと、入籍というやつですか？　法律的に結婚したという意味になるのかな？」

マメの質問に、ひろむはぬるめのお茶が入った磁器を、そっと手で持ちながら、

「法律的には、入籍は婚姻のことではないんです」

と説明した。

「入籍とは、籍を入れるという意味ですよね。つまり、元々あった戸籍に誰かが入る、ということになります。例えば養子縁組だとかは、一種の入籍と言えます。でも婚姻する場合は、夫婦となるふたりで新しい戸籍を作るんです」

「ああ、なるほど」

感心した声を出したのは夷だ。

「その際に、姓を統一するというわけですか。つい結婚することを入籍、と言ってしまいそうになりますが、正しくないのですね」

「日常会話で慣例的に使うぶんには、目くじらを立てる必要はないと思います。でも私の場合は職業上、区別が必要かなと」

そう微笑んで、お茶を口にし、脇坂をちらりと見た。そうだ、あの報告もしておかなければ。

「あ、ええと、そうなんです。僕たちで新しい籍を作るわけでして……はい。僕、小鳩洋二になります」

今度は夷とマメが、え、という顔になった。

「ご存知の通り、僕は姉ばかりのひとり息子ですが、両親は脇坂の苗字(みょうじ)に特別なこだわりはないようでして」

だが小鳩家は、ひろむが姓を変えてしまうと、若い世代は誰もいなくなってしまうのだ。親戚筋の小鳩姓もみな高齢らしい。

「可愛い苗字なのに、なくなっちゃうのはもったいないなと」

「可愛い苗字……確かに……」

頷きつつも、言葉を選んでいるふうな夷を見て、ひろむが「脇坂さんのご両親が快く賛成してくださったので、甘えることにしました」と補足するように言った。それを聞いた脇坂は「うーん」と苦笑いになってしまう。

「こんなふうに、女性側が『甘えることに』みたいに言わなくてもいいようになるべきなんですけどね。自分の名前なんだから、自分の意志で選べるようにしたらいいと思うんですよ……まあ、でも僕の場合は、選択的夫婦別姓が認められたとしても小鳩を選びましたけど」

「え、そうなの？」

ひろむが少し驚いたように、こちらを見る。

「うん。あれ。言ってなかったっけ？　ほら、小鳩洋二って可愛いから」

「……そう……かな……？」

「可愛いでしょ！　こう、小さい健気な鳩がさ、太平洋と大西洋とか、大きい海を渡ってる感じ。風に乗って、翼を広げて……可愛いけど壮大。すごくいい名前……！」

脇坂の力説に、ひろむは「言われてみれば、そんな気も……」と笑みを見せてくれた。いくらか引き気味だったのは、きっと脇坂の気のせいだ。

「あ、ちなみに職場では旧姓を使う予定なので、皆さんは今まで通り、脇坂と呼んでくださって大丈夫です。もちろん、新しいほうでも、どっちでも」

明るく胸を張った脇坂に、マメが「わあ、どっちにしようかなあ」と楽しそうに返す。夷は「では私は、マメに合わせるとしましょう」と頷いた。

「しかし脇坂さんが式も披露宴もやらないというのは……少し意外でした。そういったイベントは張り切るタイプかと思ってましたので」

「夷さんの読みは正しいです。実は張り切りすぎて自分を見失い、ぐるぐる考えた結果、凝りまくった式や披露宴の準備で、日常の時間を失うのはやめようという結論に達しました……時間が無限ならよかったのに……」

「なるほど、そういう経緯でしたか。ひろむさんのウエディングドレスが見れないのは少し残念ですね」

「何をおっしゃいますか、夷さん」

ずい、と脇坂は膝でずりっ、と前進する。

「お見せしますとも。お見せしますとも……！　写真と動画になってしまいますが、そこは万事、抜かりはありません。ひろむさんがウエディングドレスを着ないだなんて、天と地がひっくり返ったってありえません」

「要するに、記念写真だけは撮るわけですね？」

　はい、としっかり深く脇坂は頷く。

「二日かけて、五パターン撮ります。ウエディングドレス、色ドレス、白無垢、色打掛、それから屋外撮影用のちょっとカジュアルな雰囲気のドレス。どれもこれも、最高に可愛くなる予定です。乞うご期待ッ」

「……写真集ができそうですね……」

　夷の呟きに「もちろん作りますよ、写真集」と返した。ひろむが苦笑いしているのがわかったが、こればかりは譲れない。とびきりの一枚を大きくプリントアウトして寝室に飾ることも譲れない。

　このあいだ学生時代の友人たちに会ってその話をしたら「自分らの写真飾るつもりかよ〜」と皆に笑われた。さらに、その笑われた話を鱗田にぼやいたところ、

　――へえ。飾ったらいいさ。

　いつもの飄々とした口調で、そう言った。

　――飾っとけ、でっかく。幸せってやつを毎日嚙みしめとけ。スルメみたいに。

　すでに定年を迎え、今は交番相談員をしている先輩の言である。条件的にもっといい公益法人への誘いもあったはずだが、交番で道案内をしているほうが楽しいらしい。

鱗田らしいな、と脇坂は思う。いつでも現場にいたい人なのだ。事件現場という意味ではなく――人々の暮らしている、現場に。

幸せを噛みしめろ……その言葉を、しばしば思い返す。

愛しい人、信頼できる友、頼れる先輩。

美味しい食事、打ち込める仕事、巡る季節の花々。

あって当然だと思うすべてのものは、永遠ではない。むしろいま自分の手にあることが奇跡なのかもしれない。わかっていても、日々の暮らしの中で、どうしてもそれを忘れてしまう。平穏は確かに幸福だ。だがそれは継続すると日常になる。場合によっては退屈にすらなる。なのにそれを失った時、人は絶望する。長いあいだ、現場に立った刑事として、鱗田はそれを見てきたのだ。

「新居はどの辺にする予定なんですか？」

マメに聞かれて「今住んでる街のままだよ」と答えた。

「お互いの通勤に便利だし。もっとも、僕の場合は現場は都内のあちこちに変わるわけだけどね」

「夷さんもマメくんも、ぜったい遊びに来てくださいね」

「行きます行きます。ひろむさんの好きなおまんじゅうを作っていきます！」

「嬉しい」

「では私は、ちらし寿司でも持参しましょう」

「素敵です。なんだか明日、引っ越したくなりました」

ひろむがそんな風に言うので、皆で笑った。

今、自分は自然に笑えているだろうか——そんな考えが、脇坂の頭を掠める。もちろん作り笑いなどしていない。結婚が決まり、それを報告できて、脇坂は幸福だ。

それでも、どうしても目が探してしまう。

心が探してしまう。

ここにいるべきなのに、いない人のことを。

「写真が楽しみだなあ。ひろむさん、すごくきれいでしょうね！　ドレス選びは始まってるんですか？」

「ありがとうございます、マメくん。でもまだ貸衣装屋さんも決まってないんです。脇坂さんが探してくれてるのですが……」

「こだわりが強すぎて、なかなか決まらないのでは」

「夷さん、ご慧眼です……だってどれを着せても、ひろむさんは可愛いに決まっているので、なかなか選ぶことが……」

「カタログばかり溜まっていくので、お姉さんたちが痺れを切らしてます。一花さんなんかこのあいだ、『もういい、私がひろむちゃんと決めるッ』と言い出して……」

「あ、三番目のお姉さんですね。確か、画家の？」

「そうそう。一花さんはすごくセンスがいいから、そうするのもありかなと思ったんですけど……」

マメに向かってそんな事を言い出すひろむに、脇坂は決然と「ダメです」と言い放った。

「僕が決め……じゃなくて、僕と一緒に決めましょうよ。僕と結婚するんですよ？一花ちゃんとでなく！」

「あはは、脇坂さん、やきもちですね」

マメに笑われて「やきもちですとも！」と全肯定した。

「一花さんというのは……以前、ひろむさんが勘違いしたという？」

夷の言葉に、ひろむは耳を赤くしつつ「そんなこともありました」と、視線をちょっと落として言った。

そうなのだ。まだひろむと出会ってまもない頃……脇坂が姉と一緒にいるところを、ひろむは偶然見たらしい。姉の先輩にあたる画家が個展を開くことになり、そのレセプションパーティーにつきあわされたのだ。普段は絵の具だらけの作業着で過ごしている姉だが、さすがにその時はめかしこんでいたので、恋人だと誤解をされてしまったわけだ。

なんとも可愛らしい誤解で、思い出すたびにニマニマしてしまう脇坂である。夷に「しまりのない顔になってますよ」と指摘されたがすぐには直らない。

「脇坂さんは、ひろむさんと結婚できるのが本当に嬉しいんですね。なんだか僕までわくわくしてきます」

「うん。結婚っていうか……一緒に暮らせるのがすごく嬉しいんだ。ただいまって言った時、おかえりって返してくれる人がいるのは、すごくいいよね。帰ってきた人に、おかえりって言えるのも、幸せなことだと思う」

「あ、それはとてもわかります。僕もここにきてしばらくは……なかなか言えなかったんです。ただいまとおかえり、が。ね、夷さん」

夷は昔を懐かしむように優しい顔で「ちょっと時間がかかったね」と答えた。

「最初のうちは信じられなくて……ここが本当に自分の家になるってことが。だから外へ出て行く時も黙ってたし、帰ってきた時も黙ってたんです。でも、僕がどんなにむっつり帰ってきても、先生と夷さんはおかえりって言ってくださったし、出かける時には、気をつけて行っておいで、って。そんな日が続いたら、僕もやっと言えるようになって……」

「私は今でも覚えてますよ。最初にマメが返事をしてくれた日のことを」

夷がしみじみと語り出した。

「あれは……夏でしたね。今頃か、もう少し先かな？　やっと涼しくなってきた夕暮れ時、お寺の鐘がゴゥンと鳴っていたのも覚えてる。私が買い物から帰ってくると、玄関先にぽつんと立っていた可愛いマメが、とても小さな声で『おかえりなさい』と言ってくれて……」

脇坂はウンウンと聞く。なんだか光景が目に浮かぶようだった。ところがマメのほうは「あれ？」と首を傾げる。

「最初は『ただいま』のほうだったと思うんですけど……。確かに夏の夕暮れではありました。僕がおつかいから帰ってきて、そしたら夷さんが玄関のところにいて、鉢植えに水をやりながら、おかえりって言ってくれて、もしかしたら僕を待っててくれたのかなっと思ったら嬉しくなって……それで『ただいま』と……」

おっと、意見が分かれた。マメのほうも具体的な記憶だ。

「いや、それは勘違いだよマメ」

「そうかなあ……僕のことだから、僕のほうが覚えてると思うんですけど……」

「いやいや。おかえりなさい、が先だ」

「ただいま、だと思います」

ふたりともにこやかだが、譲る気配はない。互いにとってとても大事な思い出だからこそ譲れないのだろう。脇坂とひろむは顔を見合わせるしかなかった。

気まずい雰囲気を察知したのか、にゃあさんまでひろむの膝からどいて、てちてちと廊下へ出ていってしまう。

「おかえり、だ」

「ただいま、です」

「おかえり」

「ただいま」

ぶみゃあ、と廊下の先で鳴いたにゃあさんの声が挟まる。

夷がキュッと眉を寄せ「可愛い顔して頑固な子だね」と笑みを消した。

マメも笑みが硬くなって「僕、もう子っていう歳じゃないです」などと言い出す。

これはもしや親子ゲンカ……ではなく、家族ゲンカになってしまうのだろうか。その場合、脇坂はどちらサイドにつくべきなのか。やはりここはマメの味方を……いやいやだめだ、中立を保ち、速やかに争いを収束させなければ……でもどうやって……などと考えているうちに、再び「おかえり」「ただいま」の応酬が始まってしまう。

ひろむもおろおろと、言い争うふたりを見る。

「——どっちもあってて、どっちも違う」

ギッ、と板張りの廊下が鳴る音に重なって、その声はした。

客間の全員が、いっせいに顔を上げる。

「やれやれ、ふたりともあてにならない記憶力だね。そもそも夏の夕暮れじゃなく、晩秋でしたよ。空気が澄んでてお寺の鐘がよく聞こえた。マメはあたしが頼んだお使いから戻ってきて——あたしに『ただいま』と初めて言ってくれた。その直後に、焼きナスに使う生姜が足りないと言って、買いに出ていた芳彦が戻ってきた。マメは芳彦を見て、今度は初めての『おかえりなさい』を言ったんです」

丁寧且つ具体的な説明だったが、脇坂の頭にはまったく入ってこなかった。おそらくひろむも、夷も、マメも同じだろう。

ただ目を見開いて、襖口に佇むその人を見上げている。

絹紅梅の夏着物——博多帯に、紺の足袋。

全員が、その人を見る。けれどその人は、誰とも視線を合わせない。

「あたしもその場にいたのだから、マメはポツンと立ってはいなかった。それに、玄関先の鉢植えに水をやっていたのは芳彦ではなく、あたしですよ。まあ、でも肝心なところは正しかったんだから、気にしなくていいでしょう。なにもかも正確に覚えているから偉いというわけでもないのだし。さて、いずれにしても……」

みな、元気そうでなによりです。

洗足伊織はそう言った。

誰も返事ができなかった。

妖琦庵。

小さく簡素な空間。

無駄なもののないそこに入ると、人は気づいてしまう。いつのまにか自分にこびりついていた諸々に。そしてこの小さな茶室で、彼らはその諸々をやっと自分から切り離し、対峙し、認識する。

今までここには、重い過去を、あるいは業を抱えた人々が招かれてきた。

妖人だったり、ただの人だったり……静謐な茶室は、彼らの、轟々と風が唸るような人生が語られる場にもなった。どしゃ降りの雨に遭ったように、その場に頽れる人もいた。あまりに重すぎるものを抱え、両の腕はすっかり麻痺し、その置き方すらわからなくなった人たちも、やっと荷を手放した。

救われる人もいた。

そうとは言えない人もいた。

そしてこの妖琦庵を律し、統べているのはいつでも洗足伊織だった。この場の亭主は、洗足以外にあり得ないはずなのに――。

脇坂は混乱したまま座っていた。

亭主の位置、つまりに点前座に自分がいる。

あろうことか、茶を点てようとしている。誰の為に？　洗足に、である。なにが起きているのか、把握できない。

――茶室の支度をしておくれ。脇坂くんに、一服点ててもらうから。

いきなりの帰宅のあと、洗足はそう言ったきり、自分の部屋に引っ込んでしまった。夷とマメはしばらく呆然としていた。無論、脇坂とひろむも同様だ。どれくらいした頃だろう、マメがようやく「先生の……お顔が」と呟いた。

そう、顔が。

何の音沙汰もなく帰ってきたことにも驚いた。だが、それ以上に、あの顔は……。

夷が立ち上がった。

なにかを振り切るように、フッと息を吐いた後で「マメ、手伝ってください」と言った。妖琦庵の鍵を、水屋の支度も、それからお道具は……次々と具体的な指示が飛ぶ。マメも顔つきを引き締め、てきぱきと動き出した。

そんな中で、脇坂はいつまでも呆けていた。

脇坂くんに茶を点ててもらう？

あの人は、そう言ったのか？

やがてひろむが脇坂を見た。大丈夫ですか、と問われ、わかりません、と答えた。

けれどひろむは、

——きっと大丈夫です。あとでご報告をお願いします。

そう脇坂に告げると、その場を離れた。夷に相談し、先に帰ることにしたらしい。

かくして、いまだ呆然としたまま、脇坂は茶室にいる。

夏なので風炉である。洗足がいつ戻ってもいいように、夷はきちんと茶室を整えていたようだ。三年ものあいだ、季節ごとに花を生け、軸を替えたのだろうか。

すべての道具はあらかじめ夷が用意してくれていた。

水指、茶筅、棗、茶杓……どれももう知っている。細かい作法はもちろんわからないが、おおまかな手順はだいたい頭に入っている。何度も洗足を見てきたからだ。だが、見るとやるとではまったく違うのだし、なにより今、脇坂は平静ではない。

洗足はすでに、客座についている。

帰ってきた時とは違う着物だ。着替えは夷が手伝ったのだろうか。その時に会話はあったのだろうか……？

とにかく、始めなければ。

お茶を、お薄を、点てなければ。

洗足の真意はわからないが、それを飲むまではなんの話も聞けないだろう。その点だけは、確信があった。

「あ……ッ」

いきなり、ガッ、と大きな音を立ててしまった。

釜の蓋を取ったはいいが、それを取り落とし、あろうことか風炉にぶつけてしまったのだ。釜の蓋は鉄製で、風炉は焼き物である。まさか風炉に傷をつけてしまっただろうかと、思わず指で触れ、

「あ、熱ッ」

みっともない声を上げてしまう。

それでも洗足はただ静かに座っていた。伏せ気味の視線はピクリとも動かない。

脇坂の焦りはどんどん大きくなる。とにかくやらなければ、先に進まなければ……ええと、棗、棗を……ああ、倒してしまった。蓋が外れなかったのが救いだが、黒い漆塗りのそれは、コロコロと転がっていってしまう。

そしてあろうことか、洗足の膝で止まった。

「す……すみま……」

「落ち着いて」

叱られるのではという予想に反し、ごく穏やかな声だった。

洗足は棗を手に取り、傷がないか確かめるように全体をひと撫でしてから、スッと脇坂のほうへ置いてくれた。

「釜の蓋は」

静かに聞かれ「も、もとに戻しました……」と答えた。

「では袱紗で棗を清めるところから」

「は、はい」

「棗の甲を、この字に拭く」

「はい」

「棗の次は茶杓を清める。……形にとらわれず、心をこめて」

「はい」

返事が掠れてしまう。それでも洗足の導きのおかげで、どうにか今度は無事に釜の蓋を開け、茶筅通しまでは辿り着いた。

「茶碗を右手で取り、左手に持ち替える。湯は建水に捨てる……できたかい？」

「はい」

「右手で茶巾を取り、茶碗を拭く。……それから、ちゃんと呼吸をしなさい」

指摘されて、息を詰めたままだったことに気がついた。

道理で苦しいはずだ。一度姿勢を正して、深呼吸した。

そして洗足を見る。

まだ信じられない。この人がここにいることが。

「あとは、茶を点てればよろしい。自由におやんなさい」

身体に新鮮な空気が行きわたると、肩の力も自然に抜けた。部分的にしか覚えていない所作ではあったが、茶碗をひっくり返すようなヘマはなく、薄茶を点てることができた。

定座に一度茶碗を置き、それを改めて洗足のすぐ前まで持っていく。

洗足の手が茶碗を探した。

指先がそれを捉(とら)え、スッと持ちあげる。手のひらで器の形を確認している。懐かしむように、ほんの僅(わず)か微笑んだ。そして流れるような動作で薄茶を飲むと、吸いきりの音を立てる。

脇坂は、その様子にただ見とれる。

美しい、という言葉以外思いつかなかった。

そしてふいに気がついた。洗足がなぜ、脇坂に茶を点てさせたのか……つまりそれは、脇坂を落ち着かせるためだ。

急展開に驚愕(きょうがく)し、混乱し、ぐちゃぐちゃになっていた精神状態をフラットに戻す、それにはお茶を点てることが有効だった。決められたルーティンを静かに行い、深く呼吸することは、マインドフルネスに通じる。

洗足が静かに茶碗を置いて「美味しく頂戴しました」と言った。

やっといくらか落ち着いた脇坂だが、また焦りが生じてきた。ええと、ええと……

……この時、亭主はどう返せばいいのだったか。黙って礼をする？　それから次の手順はなんだっけ。道具を見ていろいろ聞く『拝見』というやつだったか。だが妖琦庵ではあまり行われたことがなく……。

「脇坂くん」

静かな声に呼ばれると、再び混乱からやや浮上できた。

「は、はい」

「一応美味しいとは言いましたが」

「は、はい」

「濃すぎる」

「え」

……ダメ出しをされてしまった。

「あの茶碗なら一杓半でいいんだよ。三杓くらい入れなかったかい」

「二杓でしたが……山盛りで……」

「茶を点てる音も、やたらと賑やかだったねえ……手順がままならないのは仕方ないとして、お抹茶の適量ぐらいは覚えてほしいものだ。いったい何度、あたしの点てたお薄を飲んだんだい」

「す、すみません」

三年ぶりのお説教……それはお点前以上に、脇坂をものすごく落ち着かせた。

茶室の小窓から入る明かりが、洗足の姿を浮かび上がらせている。

「脇坂くん」

また呼ばれた。今度はだいぶ平常心で「はい」と返事をすることができた。

「あたしはどんな着物を着ている？」

「白の綺麗な単衣で……絣の模様が入っています」

「あの時仕立てた本塩沢かな……。床の花は？」

「花はとても小さな白で、緑色のホオズキのようなものがあります」

「風船葛だね。軸は」

「ええと……禅語……でしょうか。四字でナントカ微笑……？」

「拈華微笑？」

「あ、たぶんそれです。華という字もあります」

洗足がフッと息だけで笑い「芳彦が怒っているね」と言った。

それはもちろん怒っているだろう。連絡もせず三年以上、待たせ続けたのだから。とはいえ、今の禅語でなぜ怒っているとわかるのかが、脇坂にはわからない。きょとん、としていると洗足が説明してくれた。

「拈華、は花を指先でつまんでいる様子を表します。釈尊が晩年、弟子たちを集めて説法をしていた時の話でね。ある時釈尊は、一輪の花を持って、無言のまま弟子たちに差し出した。弟子たちは釈尊がどうしてそんなことをしたのかわからず、みんなポカンとしたわけです。でもひとり、迦葉という弟子だけが、釈尊の言わんとするところを理解して、にっこりと笑った……そういう言い伝えですよ」

「……お釈迦様が花を差し出した……？」

「そう」

「無言で、ですよね？」

「そう」

「それを見た弟子のひとりだけが、にっこり？」

「そうです」

「あの……僕には意味がさっぱり分からないのですが……」

正直に言った脇坂に洗足は「そりゃそうです」と返す。

「禅宗の公案にもなってるくらいですからね。我々凡人に、理解できるはずがない。

ほかの仏弟子たちですら、わからなかったわけですから。つまり、芳彦はこう言いたいわけです。あたしのことがさっぱりわからない、と」

「ああ！　なるほど！」

今度はストンと腑に落ちたので、つい声が大きくなってしまった。洗足が眉を寄せたので慌てて口を閉じる脇坂である。だが洗足は、寄せた眉をすぐに解いて「芳彦が怒るのは当然だね……」と、独り言のように呟いた。

拈華微笑……釈迦の伝えたかった仏法は、言葉で表せないものだったのだろう。だからこそ、花一輪でそれを理解した弟子についての逸話が残った。ところが脇坂ときたら、言葉を使わないどころか、どれほど言葉を駆使しても伝えられないことばかりである。同時に、どれほど言葉を尽くしてもらっても、理解できないこともある。だからといって、今更言葉を放棄することもできない。魔法の杖のように万能と思えた言葉が……ただの木の枝だとわかっても、手放すのは怖い。

ふたりとも黙ると、茶室の中にささやかな音が浮かび上がってくる。

風炉の炭はチリチリと鳴り、風が表の垣根を軋ませる。

さああ、と雨が降ってきた。

茶庭でにゃあさんが一声鳴き、飛び石を擦るサンダルの音がする。雨だよ、と優しい声。にゃあさんはマメに抱かれて母屋に帰ったことだろう。

世界を構成する音に、脇坂はしばし聞き入った。

続く沈黙に、もういたたまれなさは感じない。さっきまで頭に渦巻いていた、洗足を問い質したい言葉たちも今は凪いでいた。

この人が帰ってきてくれたのだから、それでいいか……という気すらしてくる。

スッ、と布地が畳を擦る音。

洗足が身体の向きを変えたのだ。脇坂の正面を向き、畳に手をつく。

静かに頭が下がり真のお辞儀をした。その姿勢のまま、

「過日の件、誠にありがとうございました」

洗足はそう言った。

脇坂は驚き、言葉が出ないまま身じろぐ。叱られたことならば百回は下らないと思うが、こんな風に正式な礼を言われたのは初めてだ。おろおろしていると、洗足は綺麗な姿勢のまま頭を上げ「お礼を言うのがすっかり遅くなってしまった」と続ける。

「せ、先生？」

「きみはあたしの代わりに撃ってくれたね」

それか――その話、か。

ならば洗足に礼を言われる必要はない。あれは刑事としての、脇坂の義務だった。すべきことをしただけだ。

「きみのことだから、あれは自分の仕事だと言うんだろう。確かにそうかもしれないが……それでも礼を言わせておくれ。あたしはもう少しで、あの男を撃っていた。憎しみで人は殺せるのだと、まざまざ感じていましたよ……それでも、撃ってしまえばあたしの負けだった。あの男にとっては、そういうゲームだったのだから」

それに、とややトーンを落として続ける。

「あの瞬間、あの男を殺すことに躊躇(ためら)いはなかったけれど……実際そうしたら、自分がどういう心持ちになったかは、あたしにもわからない。すっきりしたのか、後悔したのか……だが少なくとも、芳彦やマメは嘆いたことだろう」

「…………」

「だからきみが撃ってくれたことに感謝している。ありがとう」

「先生……」

繰り返された礼の言葉を、脇坂は嚙(か)みしめる。ああ、自分はやっぱり間違っていなかったのだと、改めて信じることができた。もう悪夢を見ても、耐えられる。

「ま、きみを見た時はかなり驚きましたけどね」

感動に熱くなっていた脇坂の体温が、ヒュッと下がった。

「……あの……」

「なにしろ、意識不明の重体だと思っていたので」

「せ、先生……それは……」

「あたしは何回お見舞いに行ったかねえ？　痛む膝を押して」

「それは、その……本当に申しわけなく……」

「ウロさんまであたしを騙すなんて、世も末ですよ。警察ってのは、ほんとに信用がならない」

脇坂がアウアウと必死に言い訳を探していると「冗談だよ」とサラリと言われる。本当だろうか。確かに洗足はきちんと事情を把握しており、脇坂を責める気はないだろうけれど、騙されたことは怒っているはずだ。今後もずっと、チクチク言われそうな気がする……いや、だがそれは、謹んで受けよう……チクチクもある程度慣れれば、気持ちよくなってくるかもしれない。鍼治療みたいな感じで……。

「それから、ご結婚が決まったそうで。おめでとうございます」

「あ、え、はい。ありがとうございます」

「ひろむさんは素敵な人だ。きみにはもったいない、と言いたいところだが……お似合いだよ」

「……はい」

そう言ってもらえた嬉しさに、声が上擦ってしまいそうになった。やはりこの人の言葉は、自分にとってあまりに特別なのだと再認識する。

「さて……今後はおめでたい話だけをしたいものだが、そのためにも、あたしたちには整理整頓が必要だ。あたしは急に消えたから、聞きたいこともあるだろう。きみ個人としても、刑事としてもね。だが正直なところ、何度も語りたいわけじゃない。だからこの機会ですませてくれるとありがたいね」

「……わかりました」

脇坂が誰より先に妖琦庵に呼ばれたのは、このためだったのだ。

被疑者である《鵺》が死亡したため、事件の裁判は行われていない。そもそも警察はずっと秘密裏に捜査していたし、《鵺》の死亡後には関連する事件のいくつかは公表されはしたが、すべてではなかった。さらに三年という月日が流れ、世間も事件を忘れかけている。時が流れても忘れられないのは被害者の遺族たち……そして捜査に関わった者たちだ。

「当時、警察では《鵺》と青目が共謀している可能性も指摘されていたのですが、結論として、それはなかったと考えてよいのでしょうか」

「ないね。青目は確かに、少年期には《鵺》の強い影響下にいたはずです。お得意の洗脳で、高いスキルを持つ殺人者に作り上げられた。けれどその洗脳は完全ではなく、青年期には影響が弱まったろうかと、あたしは考えています」

「そうお考えになる理由は？」

「強い洗脳は自分自身で考える能力を奪ってしまう。《鵺》の人形になるだけでは、《鵺》を超える者にはなれない。あの男はね、自分を超える化物をつくりたかったんですよ……。そのためには、自分で考え、判断することが必須(ひっす)です。だから強すぎる洗脳はかけられない。《鬼》の母を持つ青目ならば、自分以上の犯罪者になれると踏んだんでしょう」

「《鬼》……」

「以前にも、きみに説明しましたね？　《鬼》という妖人(ようじん)は、他者との交流を不得手とし、山奥などに隠れ住む人々であり、暴力性や犯罪性とは関係ないと。青目の母親は心を病んでしまいましたが、もとは優しく情の深い女性でした。彼女は古い《隠仁》の血を……隠遁(いんとん)の隠に、仁義の仁と書くのだけれど……その血を受け継ぐ人だったようです。おそらく《鵺》はそれを知り、彼女に近づき、身籠(みご)もらせた。自身の手で、《悪鬼》を作るために」

洗足は最小限の抑揚で語った。

感情を殺し、事実である可能性の高いことだけを、私見が入っている場合はそれを明瞭(めいりょう)にし、語り続けた。

青目の母は、おそらく《鵺》の正体を知ったこと。

だからこそ、逃げたこと。

山奥まで逃げ延び、だが心を病んでしまったこと。我が子が男児ならば、きっと《鵺》のようになると恐れ、女の子と思い込みながら育てていたこと。

「彼女は……青目千景さんは、《隠仁》の血を持つ男性が、強い体軀と腕力を持ちやすいと、知っていたのでしょう。だから我が子の成長を止めようと、包帯で拘束しました。もちろんそんなことをしても成長が止まるはずはないけれど……その頃にはもう、理性的に考えることができなくなっていた。そののち、あたしの母がふたりを見つけます」

洗足タリは、先に子供を保護した。その後で千景も保護し、偽名で入院を手配したらしい。偽名を使った理由は今となってはわからないが、千景が何者からか逃げていることを察したのかもしれない、洗足はそう話した。

「千景さんが落ち着いたら、子供にも会わせるつもりだったと思います。ところが彼女の病状はなかなか良くならず、環境の良い病院に転院して、いくらか回復し、閉鎖病棟から出られた頃……失踪しています。生死は不明でしたが、《鵺》による殺害と考えられます。これは《鵺》があたしに語ったことであり、警察にも報告しているので、きみも知っていたはず」

「はい。《鵺》が青目千景さんを殺害している可能性については聞きました。その後警察は裏付けを取ろうとしましたが、千景さんの遺体は見つかっていません」

洗足は小さな声で「見つけるのは難しいだろうね」と呟いた。そして、

「警察には話さなかったことがあります。……《鵺》は千景さんを殺害し、その遺体から肉片を切り取って、息子に食べさせたと話していました」

脇坂は一瞬、言葉を失う。

息子に……つまり、青目甲斐児に？

「《鵺》は、この家に青目がいることも突き止めてました。あたしや母の留守を狙って、息子に何度か会っています。千景さんが亡くなった直後も……」

息子に会い、そして……。

少年だった青目に……母の、肉を？

始まりは、それだったのか。青目の歪(ゆが)んだ嗜好(しこう)を作り上げたのが実の父親だったと思うと……複雑な感情の行き場を、脇坂は見つけられない。

「青目が父親から離れたのは二十歳すぎです。この時、ひとりの女性を連れて逃げています。……田鶴よし恵さんの孫娘です」

「連れて……逃げた？」

「《鵺》は彼女と暮らしていましたが、飽きて殺すつもりだった。子供を身籠もっていると知った青目が、連れて逃げたんですよ」

「なぜ……青目は彼女を助けたんですか？」

「わかりません。妊娠していたからなのか……特別な感情があったのか。ただ、青目は《鵺》のもとにいた女性を何人か逃がしています。彼女たちは、のちに青目を手助けすることもあったようです」

青目が女性たちを助けていた？

脇坂は戸惑い、「すみません、ちょっと待ってください」と洗足の言葉を止めた。

「青目は……犯罪者……」

「ええ、犯罪者です。複数の人間を残忍に傷つけ、殺しています」

「でも、助けてもいた……？」

「数人を助けたからといって、罪が帳消しになるわけではない。青目甲斐児はあくまで凶悪な殺人犯ですよ。ただ、青目によって生き延びた者もいたというだけです。その中のひとりにはあたしも会いましたから事実でしょう。……いずれにせよ、青目は《鵺》から離れました。《鵺》は放置したようですね。自分の手元を離れても、《悪鬼》として成長してくれればそれでいいのだし、実際、青目は犯罪を重ねていた。とくに竜女島(りゅうじょとう)の、あの事件の頃から残忍性が増して……おそらく、あの頃……」

洗足は言葉を止めた。脇坂は続きを待っていたのだが、

「以上のような経緯を考えると、《鵺》と青目が共謀していたことはありえない。あたしはそう考えます」

途切れた言葉はそのままに、話はもとに戻っていった。

「先生は……この三年間で、そういったことを調べていたんですか……？」

その質問に、洗足は「ずっとではないけれどね」と答える。

「……わかりました。共謀はなかったにしろ、《鵺》には、《隠仁》の血を引く息子である青目を、自分以上の犯罪者にしたいという計画があったわけですね。でもそれは……成功しなかった？」

少なくとも、思ったとおりにはいかなかったのではないか？

だからこそ、《鵺》はその矛先を……。

「そう。結局弟は《鵺》のお眼鏡にかなわなかったらしい」

さああ……と、雨音は止まない。

この小さな茶室の屋根を、壁を、訪れ続けている。

「そして《鵺》は、弟がやたらと固執する存在に……兄のほうに、興味を持った」

しかも、兄は《サトリ》だ。妖人とヒトを見分ける力、優れた観察眼、冷静な判断力……さらに、母・タリから引き継いだ人脈や人徳も有している。

「『麒麟（きりん）の光』の事件で、《鵺》はあたしの値踏みをしたんでしょう。青目の犯罪と思わせつつ、こちらの反応を見ていた。そして、弟よりも兄のほうがいいと思ったのかもしれない」

「いい……というのは……」

「自分以上の『化物』になるポテンシャルがある、ということですよ」

ふざけるな——怒りがこみ上げて、脇坂の頬はひきつるように動いた。あまりにむかつき、口を開くと暴言が出そうで喋れないほどだ。

「あたしという《サトリ》を化物に変えるためには、自らの意志で罪を犯すことが有効だと、《鵺》は画策した。あのゲームの目的は、兄弟の優劣を決めることなどではなく、あたしに青目を殺させることです。そこまでは、あたしも察していました。もちろん、うちの家令もね。だから、ひろむさんが誘拐されたあとは、あたしを止めましたが……」

それでも洗足はあの公園に赴いた。

ひろむを、助けてくれた。

「……警察に助けを求めなかった理由は、きみと同じですよ。《鵺》の情報網は警察内部にも浸透している可能性が高かった。だからあたしはひとりであの場に行くことを選びました。青目を撃たなければならないのは……覚悟ずみでした。でも、その直後にあの男が現れたのは、正直想定外だった。まさか、自分の命まで差しだして、あたしを『化物』にする気だったとはね……」

もしも洗足が、青目だけではなく《鵺》まで殺していたならば。

弟も、父もその手で撃っていたならば――。

この人は、『化物』になったのだろうか。

そんなことはない。そんな弱い人ではない。洗足の強さを脇坂はよく知っている。けれどその強さはいつも、他者を守るときに発揮されていた。

自分自身が罪人となったら？

この国の法が洗足を裁かなかったとしても、世間がみな彼を許したとしても、洗足自身が自分を許さなかったら？　誰がみても白く美しい洗足の手に、本人にだけ見える、弟と父の血が、ずっとずっとこびりつくのだとしたら……？

それでも洗足伊織が壊れないと、誰が保証できるだろうか。

「ふ」

息が漏れた程度の嘲笑に、脇坂は顔を上げた。いつのまにか、ずいぶん深く俯いてしまっていたようだ。

「先生？」

「いや……まさかきみに撃たれるとは、思ってなかったでしょうね」

いささか意地の悪い口調で、そんなふうに言う。

「きみとウロさんの作戦は、実にうまくいきましたよ。このあたしですら騙されていたんだし……いや、あたしが騙されていること、それこそが要だったんでしょう。

だからこそ、《鵺》もきみたちを無視していた。まさか死にかけてるはずの刑事が、あの場に現れて、躊躇うことなく撃つとは」

「あの……僕は、犯罪者とはいえ、先生の父親を撃っ……」

「謝ったら殴るよ」

洗足らしからぬ言い回しに、脇坂はモグッと口を閉じる。

「きみはきみの仕事をしただけです」

「……はい」

「ウロさんにも会いたいね。近いうちご足労頂きたいと伝えてくれるかい？」

「はい。鱗田は今は交番にいますが、SNSで繋がっているので大丈夫です」

「ウロさん、SNSできるのかい」

「スタンプは僕よりたくさん持ってます」

洗足はちょっと呆れたように「意外だね」と言った。

小窓からの日射しが入る。

それは洗足の顔にまともにぶつかっていて、脇坂は雨が止んだことを知る。本当に通り雨だったようだ。雨上がりの光が白い頬を光らせ……けれど洗足は、その光から顔を逸らすことはない。

「……あたしからの話はこんなものですが、きみにも聞きたいことがあるでしょう」

「はい。よろしいでしょうか」

「どうぞ」

「青目はまだ生きているのではないでしょうか」

脇坂は洗足から目を離さなかった。その表情、頬の筋肉、まつげの震え、すべてを見逃すことのないように見つめながら、その質問をした。

洗足は答えない。

ただ顔を少し傾げ、より光のあたる方を向いた。温度を感じているのだろうか、やがてぽつりと「雨が上がったらしい」と呟く。その後で、

「青目が生きているかどうか、あたしは知りません」

そう答えた。

嘘ではないのだろう。けれど隠していることがある。そしておそらく、この人はその秘密を墓まで持っていくはずだ。それを責めるつもりはないけれど——それでも脇坂は言っておくべきことがあるのだ。

「これから僕がお話しすることは……あくまで個人的な考えです。警察の見解ではありませんし、誰にも話したことはありません。ウロさんにもです。事件直後から、青目の遺体が見つからないことは気になっていました。まだ生きている可能性はあるけれど、それは限りなく低い……そう思っていました。先生がお帰りになるまでは」

洗足は静かに頷（うなず）いた。

無言のまま、脇坂の言葉の続きを待つような顔をする。

「今はかなり高い確率で……少なくとも、事件直後は生きていたのではないかと考えています。先生は確かに、至近距離で青目を撃ち抜きました。それは防犯カメラではっきり確認されています。胸よりやや左、心臓の位置。普通なら即死です」

そう、普通なら。

けれど世の中には例外がある。

「……先生、青目は内臓逆位だったのではありませんか」

洗足は答えない。表情も変えなかった。

内臓逆位とは、内臓の配置が全て逆になっている、生まれつきの症状だ。ちょうど鏡に映したような状態になるわけだが、機能的には問題がない場合がほとんどらしい。とても珍しいケースだが、医師である脇坂の姉は二例見たことがあると言っていた。通常ならば、成長過程の健康診断やレントゲン検診などで発見されるはずだが、青目は普通の環境で育っていない。少なくとも真っ当な病院では、青目の診断記録は一切残っていないのだ。

だが、洗足タリは知っていたのではないか。

洗足家に来た頃、青目はひどい状態だったので、医師に診せている可能性は高い。

通報されるのを避けるため、内々に便宜を図ってくれる者だったと思われる。そして青目の特異な身体を知り、それを息子だけには教えていたのではないか。

「内臓逆位ならば、銃弾は心臓を貫いていない可能性があります。だとしてもほかの内臓を傷つけてるわけですが、処置が早ければ生存は可能でしょう。……先生は、ひろむさんに手紙を書きましたね」

左、とだけ書かれた手紙を。

「それは甲藤経由で、ひろむさんの手に渡りましたが、彼女はいまだにその意図がわからないと言っています。わからないのは当然です。あれは実際のところ、ひろむさんに宛てられたのではなく、青目へのメッセージなのですから」

左。

左を、撃つ。

おまえの左胸を。心臓のないほうを。

「先生はずいぶん前から、甲藤が青目のスパイだとご存知でした。だから甲藤に手紙を託せば、それは盗み見られ、青目に内容が伝わるとわかっていたんです。あのメッセージが最悪の場合に備える準備だったのか……あるいは、どれほど厳重に守ろうと、ひろむさんが誘拐されてしまうところまで想定していたのかは……僕にはわかりませんが……」

「いいえ、先生。答えないでください」

なにか言おうとした洗足を無礼にも遮り、脇坂は早口に続けた。

「僕は今、自分の勝手な想像を話してるだけなんです。これは捜査でも、事情聴取でもありません。だから答えないでください。僕の独演会です。勝手に喋りますます。先生が青目を殺したように見せたのは……《鵺》に対抗するためだと僕は考えています。ほとんど正体のわからない《鵺》について、一番知っているのは青目なわけです。青目が死んで《鵺》だけが生き残ってる状態が、先生の考える最悪だったはずです」

青目ですら捕まえられない警察が、《鵺》を追い詰められるわけはないのだ。

ならば貴重な情報を持つ青目の不在は、あまりに手痛い。

「……青目はあらかじめ手配しておいた偽の救急車で運ばれ、怪我は処置されたでしょう。重傷だったはずなので、回復に時間は必要ですが、そのへんも抜かりなく準備していたに決まってます。その一方で、先生は妖琦庵から突然消えてしまった。そうしなければならなかった理由は？　……《鵺》は死んだけれど、まだ青目が生きてるからです」

青目は心臓を撃たれてはいない。まだ生きている。

洗足はそれを知っていた。

「脇……」

「生きている以上、青目がまた犯罪を繰り返す可能性がある。先生は……あの時、弟を殺さなかった先生は、自分にはそれを止める責任があると思ったはずです」

青目の凶行を止める。

どんな不幸な過去があろうと、事情があろうと、青目は犯罪者だ。《鵺》に作られた《悪鬼》なのだ。それを止める。封印する。

……可能だったのだろうか。

おそらく今までも幾度となく、兄は弟を止めようとしたはずだ。自分にできることならば、なんでもすると言ったかもしれない。命を差し出すとすら言っただろう。

けれどそういうことではないのだ。

あの男は、兄の命が欲しいわけではないのだ。

「先生がお帰りになったということは」

風船葛の実が落ちた。

唐突に、ぽとりと。

とても微かな音に、洗足の顔がゆっくりと花籠のほうに向けられる。

「青目はもう――」

死んでいるか生きているかは、もういい。

どうでもいい。

わかっている。警察官としてそう考えるのは問題だ。生きているのならば速やかに逮捕し、司法の手に委ねなければならない。けれど今、脇坂は青目の生死を問うことより、優先すべきことがあると思っていた。

それだけは、確めなければならない。

「もう、誰も殺さないのですね」

洗足は答えない。

なにも答えるなと言ったのは脇坂のほうだ。だから返事がないのは仕方ない。

ただ、微笑んだ。

畳に落ちた風船葛に顔を向けたまま、なにかを成し遂げ、なにかを失い、それを後悔はしていない人の笑みを見せた。

「青目は――あなたにもらったものに、満足したんですね」

言いながら、涙がこみ上げてきた。

堪えようと思ったけれど、無理だった。すぐに溢れて、パタパタと畳に落ちてしまう。畳を汚してはならないと、脇坂はあわてて自分の袖で拭いた。畳を擦る音がして、洗足が顔をこちらに向け、「構わないよ」とだけ言った。恥ずかしい。泣いているのがばればれだ。

音と光を、洗足は敏感にとらえている。

洗足の容貌は様変わりしていた。以前は顔の左半分を、長い前髪で隠していた。そちらの目は封じられ、傷があったからだ。

だが今、前髪は撫でつけられ、綺麗な額が露わだった。

弓なりの眉の下、美しい瞳がふたつ、脇坂に向けられている。

けれど見えてはいない——義眼だから、見えない。

「その色は……先生が選んだのですか？」

「いいや」

ならば、弟のチョイスか。脇坂は泣きながら、少し笑ってしまう。まったく異常な執着心だ。永遠に、兄は自分のものだと主張したいらしい。

「左を封じたのはずいぶん昔だからね……眼窩が萎縮してしまっていて、まだ少し大きさが揃っていないが、ずいぶんましになったんですよ。白杖にもだいぶ慣れたし。まあ、それでも、今後は芳彦やマメに世話をかけてしまうね」

「僕もお手伝いします」

「新婚さんに頼めないよ」

「そう仰らず」

「ひろむさんだけでいい」

「ひどいですよ、先生」

「なにを言ってるんだい。てんでなってない点前で、風炉に傷をつけたきみのほうが、よっぽどひどい。ばれてないと思ったら大間違いだからね。きっちり弁償してもらう。ま、芳彦のことだから、ちゃんとそのへんは考えて、高い道具は出してないと思うが……ほら、いつまで泣いてるんだい」

そんなことを言われても、涙が止まらない。

まったくひどい人だ。勝手に消えて、ぜんぶ自分で背負い込んで、青い目なんか塡めて、しれっとした顔で帰ってきて……。

でも、生きていた。

生きて帰ってきてくれた。妖琦庵に主が戻ってきた。あとで夷さんにうんと叱られればいい。マメだってきっと号泣して、洗足をおろおろさせることだろう。

この人が《サトリ》の目を使うことは、もうない。

雨上がりの空は晴れているようだ。茶室の小窓から日射しは、相変わらず洗足を照らしている。ほかが薄暗いぶん、彼だけが浮かび上がっているかのように見える。

光を失った人が、光の中にいる。

「先生」

ハンカチで涙を拭き、脇坂は改めて姿勢を正した。

「なんだい」

「おかえりなさい」

まだ言ってなかった。一番大事なことなのに。

洗足の眉がやや下がる。

少し困ったような顔をしたあと、つまらなそうな声で返事をしてくれた。

「ただいま」

おまえにすべて差し出せたらと思うんだが——それはもうできない。

したくてもできない。この身体も、命も、記憶も感情も、自分のもののようで、実のところそうではないからだ。自分が自分であるためには、どうしても他者が必要で、そうやって人は生きている。よくも悪くも他者の影響はあまりに大きく、この身に食い込み、外せない。自分から過去を切り取れないのと同じように。

人は己のものではない。

肉体はそうだとしても、存在としては違う。

おまえは肉が欲しいだけではないのだろう？　だから困ってしまうんだよ。

だが、これならと思いつくものがないわけでもない。

おまえはそれを、欲しいのかい？

それをあげたら、人を殺すのをやめるかい？
ならばあげよう。ひとつ残ったこれを。
食べるといい。
味わい、飲み込んで、完全におまえのものにすればいい。ああ、痛いのは勘弁だよ、
ちゃんと支度をしておくれ。

あたしが最後に見るのはおまえになるね。
ほかの誰でもない、おまえの顔だ。

だから、ほら、笑ったらどうだい。

本書は書き下ろしです。

この作品はフィクションです。実在の人物、団体等とは一切関係ありません。

妖琦庵夜話（ようきあんやわ）　ラスト・シーン

榎田（えだ）ユウリ

角川ホラー文庫　22799

令和3年8月25日　初版発行

発行者——堀内大示
発　行——株式会社KADOKAWA
〒102-8177　東京都千代田区富士見2-13-3
電話 0570-002-301（ナビダイヤル）
印刷所——株式会社暁印刷
製本所——本間製本株式会社
装幀者——田島照久

●お問い合わせ
https://www.kadokawa.co.jp/（「お問い合わせ」へお進みください）
※内容によっては、お答えできない場合があります。
※サポートは日本国内のみとさせていただきます。
※Japanese text only

ISBN978-4-04-111524-4　C0193

角川文庫発刊に際して

角川源義

第二次世界大戦の敗北は、軍事力の敗北であった以上に、私たちの若い文化力の敗退であった。私たちの文化が戦争に対して如何に無力であり、単なるあだ花に過ぎなかったかを、私たちは身を以て体験し痛感した。西洋近代文化の摂取にとって、明治以後八十年の歳月は決して短かすぎたとは言えない。にもかかわらず、近代文化の伝統を確立し、自由な批判と柔軟な良識に富む文化層として自らを形成することに私たちは失敗して来た。そしてこれは、各層への文化の普及滲透を任務とする出版人の責任でもあった。

一九四五年以来、私たちは再び振出しに戻り、第一歩から踏み出すことを余儀なくされた。これは大きな不幸ではあるが、反面、これまでの混沌・未熟・歪曲の中にあった我が国の文化に秩序と確たる基礎を齎らすためには絶好の機会でもある。角川書店は、このような祖国の文化的危機にあたり、微力をも顧みず再建の礎石たるべき抱負と決意とをもって出発したが、ここに創立以来の念願を果すべく角川文庫を発刊する。これまで刊行されたあらゆる全集叢書文庫類の長所と短所とを検討し、古今東西の不朽の典籍を、良心的編集のもとに、廉価に、そして書架にふさわしい美本として、多くのひとびとに提供しようとする。しかし私たちは徒らに百科全書的な知識のジレッタントを作ることを目的とせず、あくまで祖国の文化に秩序と再建への道を示し、この文庫を角川書店の栄ある事業として、今後永久に継続発展せしめ、学芸と教養との殿堂として大成せんことを期したい。多くの読書子の愛情ある忠言と支持とによって、この希望と抱負とを完遂せしめられんことを願う。

一九四九年五月三日

宮廷神官物語 一

榎田ユウリ

何回読んでも面白い、極上アジアン・ファンタジー

聖なる白虎の伝説が残る麗虎国。美貌の宮廷神官・鶏冠は、王命を受け、次の大神官を決めるために必要な「奇蹟の少年」を探している。彼が持つ「慧眼」は、人の心の善悪を見抜く力があるという。しかし候補となったのは、山奥育ちのやんちゃな少年、天青。「この子にそんな力が?」と疑いつつ、天青と、彼を守る屈強な青年・曹鉄と共に、鶏冠は王都への帰還を目指すが……。心震える絆と冒険を描く、著者渾身のアジアン・ファンタジー!

角川文庫のキャラクター文芸

ISBN 978-4-04-106754-3

夏の塩

魚住くんシリーズ I

榎田ユウリ

あの夏、恋を知った。恋愛小説の進化系

普通のサラリーマン、久留米充の頭痛の種は、同居中の友人・魚住真澄だ。誰もが羨む美貌で、男女問わず虜にしてしまう男だが、生活力は皆無。久留米にとっては、ただの迷惑な居候である。けれど、狭くて暑いアパートの一室で顔を合わせているうち、どうも調子が狂いだし……。不幸な生い立ちを背負い、けれど飄々と生きている。そんな魚住真澄に起きる小さな奇跡。生と死、喪失と再生、そして恋を描いた青春群像劇、第一巻。

ISBN 978-4-04-101771-5